MW01712791

¡Llegaron!

Fernando Vallejo

¡Llegaron!

ALFAGUARA

Primera edición: agosto, 2015

© 2015, Fernando Vallejo
© 2015, de la presente edición en castellano para todo el mundo:
Penguin Random House Grupo Editorial, S. A. U.
Travessera de Gràcia, 47-49. 08021 Barcelona
© Diseño: Proyecto de Enric Satué
© 2015, Aníbal Vallejo, por la imagen de la cubierta
© 2015, Penguin Random House Grupo Editorial, S. A. S.
Cra. 5a. A N°. 34-A-09, Bogotá, D. C., Colombia
PBX (57-1) 7430700
www.megustaleer.com.co

Penguin Random House Grupo Editorial apoya la protección del *copyright*.
El *copyright* estimula la creatividad, defie de la diversidad en el ámbito de las ideas y el conocimiento, promueve la libre expresión y favorece una cultura viva. Gracias por comprar una edición autorizada de este libro y por respetar las leyes del *copyright* al no reproducir, escanear ni distribuir ninguna parte de esta obra por ningún medio sin permiso. Al hacerlo está respaldando a los autores y permitiendo que PRHGE continúe publicando libros para todos los lectores.

Impreso en Colombia-*Printed in Colombia*

ISBN:978-958-8883-83-0

Impreso por Nomos Impresores

Penguin
Random House
Grupo Editorial

a David Antón

«¡Llegaron!», le dijo mi tía abuela Elenita a mi abuela con zozobra no bien nos vio subiendo en el Fordcito por la carretera de entrada a Santa Anita. «Aj, aj, aj, aj, aj», iba diciendo el carrito ahogándose en la subida.

—¿Es que era un carro viejo?

—Viejo no. Es que los carros de entonces eran lentos, no como los de hoy día. Lo más que daba el Fordcito eran setenta kilómetros por hora, en plano. En bajada más, claro, y en caída libre, pero en caída libre va igual de rápido un Fordcito que una piedra.

—Una tortuga pues, su Fordcito.

—Tanto como una tortuga no, aunque tampoco una liebre. Los ocho kilómetros entre Medellín y Santa Anita los hacíamos en digamos dos o tres o cuatro horas.

—¿Dos o tres o cuatro horas para ocho kilómetros? Entonces ustedes estaban jodidos.

—¿Jodidos con carro? Jodido el resto de Medellín que iba a pie. En Medellín habría treinta carros en total. Pongámosle treinta y uno con el nuestro.

—Entonces Medellín no era una ciudad, era un pueblo.

—No... Sí era una ciudad. Lo que pasa es que entonces las ciudades eran pueblos. Pueblos grandes.

—¡Qué aburrición!

—Nada de aburrición. Mucha parranda, mucha fiesta.

Parranda sana, con poco muerto, solo los necesarios, dos o tres o cuatro para que la fiesta fuera un éxito.

Las calles vacías, las carreteras vacías, el campo de aviación vacío... Las iglesias llenas, la morgue llena. Arrancábamos y ¡zuas!, nos íbamos como una saeta. O mejor dicho como una culebra porque era una carretera curvosa. ¡Qué curverío, por Dios, íbamos de curva en curva culebreando! Los más pequeños se mareaban y se vomitaban en el Fordcito.

—¿Mareo en carretera? ¡Ustedes sí están locos! Mareo es en el mar.

—Bueno, si no le gusta, llámelo «carreteo»: se vomitaban por el carreteo y dejaban el Fordcito hecho un asco. ¡Pero qué importa! Éramos felices y eso basta. El hombre nació para la felicidad. Otra cosa es que no la logre. En tanto, le vamos haciendo la lucha.

«¡Raquel, llegaron, ya vienen por el carbonero!», le dijo mi tía abuela Elenita aterrada a mi abuela cuando nos vio llegando al carbonero.

El carbonero era un árbol que producía, amén de hojas, gusanos como borlas amarillas. Al que los tocara le daba fiebre. Un día cogí una de esas borlas pensando que era de oro y no, era un gusano engañoso y casi me muero. A los cinco años muerto, ¡qué horror!, ¿se imagina usted? ¡Cuarenta y cinco de fiebre! Pero sobreviví. Por eso voy aquí junto a usted matando el tiempo contándole. El tiempo es una saeta, y la vida un raudo vuelo. A ver si este avión no se cae. Toco madera.

«¡Raquel, ya vienen por las dos palmas!», anunció Elenita y se le cortó la respiración.

El carbonero daba sombra, las palmas nada, ni siquiera cocos porque eran unas palmas perezosas, haraganas, costeñas, como los costeños de la costa colombiana, que no trabajan. «Un árbol que no da nada, ni fruto ni sombra, hay que tumbarlo», dijo Lía por decir, y ya les contaré qué hicimos con las palmas: a escondidas las cortamos con un serrucho y cayeron sobre el techo de Santa Anita y se llevaron media casa: el cuarto de Elenita, el de la abuela y el abuelo, el comedor... Los tres quedaron durmiendo a la intemperie.

—¿Y Lía quién era?

—Pues mi mamá, ¡quién más iba a ser, la hija de Raquel!

—¿Y ustedes?

—Pues los que llegamos, ¡quiénes más íbamos a ser, los nietos!

Éramos el tifón, el huracán, el tornado, y habíamos llegado a destruir. Lo que estaba bien lo dañábamos, lo que estaba mal lo empeorábamos y lo que estaba aquí lo poníamos allá. Gato que aparecía, gato que perseguíamos con los perros detrás siguiéndonos ladrando. Nos amaban. A cuanto perro tuvo, mi abuela lo llamó «Capitán»; y a cuanta perra tuvo la llamó «Catusa». Se le moría un Capitán, y lo remplazaba por otro; se le moría una Catusa, y la remplazaba por otra. Se le murió al año y medio su primer hijo, Argemiro, y lo remplazó de inmediato por otro Argemiro. Se le murió su tercer hijo, Iván, al año y medio, y lo remplazó de inmediato por otro Iván. A mi mamá no la tuvo que remplazar porque era irremplazable. ¡Ah, qué mujer! Única. De ésas no se dan dos por más que rueden los mundos. Da para un libro. Tengo entendido que nació después del segundo Argemiro y antes del primer Iván, si no es que antes del segundo, pero a estas alturas del partido nada puedo asegurar y ya no queda a quién preguntarle. ¡Cuánto hace que se me murieron todos y que los anoté en mi *Libreta de los muertos*!

Cosa segura, eso sí, es que el último de los hijos de mi abuela fue Ovidio, mi tío sabio, el que nos acompañó en la niñez a modo de tutor habida cuenta que mi papá andaba en la política (que es más adictiva que la plata, que el sexo y que el crack), y que mi mamá vivía en las nubes (pero no en la de Apple, ¿eh?, que es muy reciente), de las que bajaba con intermitencias para tener otro hijo o ponerse a tocar en el piano el «Carnaval de Venecia», que nunca se aprendió. Dejémosla por lo pronto ahí, en el piano, que siga en su entrenamiento dándole y dándole, y volvamos a su hermano Ovidio, nuestro tutor.

Todo lo sabía Ovidio. Todo, todo, todo. Desde el gordo Capeto hasta el cantante Gardel. Más veinte lenguas, entre vivas y muertas, que hablaba o leía como si tal. Una enciclopedia viviente pues. Una Wikipedia para que me entiendan, ustedes que son de la era del Internet. También se les pasará su era, ¿eh?, no se sientan tan seguros. ¡O qué! ¿Llegaron para quedarse? Para morir llegaron e irse, pavesas, y para desaparecer sin dejar rastro. Si algo queda de ustedes, digamos el esqueleto fosilizado en unas rocas y lo encuentra un paleontólogo del futuro, dense por bien servidos. Bueno, ¿de qué les estaba hablando?

—De Ovidio.

—Ah, sí, de Ovidio. Hablaba en veinte lenguas, y cuando tomaba la palabra en español no la soltaba. Hablaba, hablaba, hablaba. Murió de un cáncer en las cuerdas vocales que lo sumió en la oscuridad del silencio. «*Non loquor* —le ordenó la Parca—. No hables», y lo dejó políglotamente mudo. No pudo volver a articular palabra. Ni en la lengua de Cervantes, ni en la de Dante, ni en la de Shakespeare, ni en la de Harún al-Rashid.

—Su Ovidio sabía pues más lenguas que Borges.

—Amigo mío, Borges no era políglota: era ciego. No sabía latín, ni griego, ni árabe, ni hebreo, ni persa, ni sánscrito, pero en todo se metía, eso sí, ¡eh ave María!

La vida es un raudo vuelo que va rumbo a ninguna parte. Vivos o muertos, seguimos en el planeta girando con él en su traslaticia errancia. No salimos al espacio exterior a rotar por cuenta propia y a darnos un baño de estrellas, no. Somos hijos dependientes de la madre Tierra, que nos arrastra en su rotación doble ciega sobre su eje y en torno al Sol, y nos retiene sobre su superficie, cosa que compruebo una y otra vez cada que doy un paso. ¡Ah, cómo me cuestan! ¡Cuánto esfuerzo para desplazarme, aun en plano! O cuando levanto la copa que me llevo al gaznate sediento: me pesa. Y los pies me pesan. Al cumplir los cincuenta, el meridiano, reflexionando en el Greenwich Village de Nueva York sobre el confuso Newton descubrí qué me impide alzar el vuelo: la Tierra, este condenado planeta con su gravedad, con su maldad. ¡Maldita Tierra! ¡Maldita seas!

Pero bueno, pueblo grande o ciudad chica Medellín tenía cuando nací trescientos mil habitantes. Pongámosle doscientos mil, para que no digan que exagero. Hoy pasa de los tres millones, que dan guerra por diez. Va a ver usted lo que es bueno cuando llegue y se meta en sus embotelladas calles y le zumbe, rozándole los flancos, un enjambre de motos envenenadas. Ténganse fino.

—¿Qué quiere decir «ténganse fino»?

—Ah, yo no sé, así dicen allá.

—¿Es como una advertencia?

—Exacto, una advertencia. Se lo explico con un ejemplo. ¿Se zarandea este avión, se va a caer? Téngase fino.

—Ni lo quiera Dios.

—¡Quién sabe! Él a veces sí quiere. ¿O por qué cree que se caen los aviones, aparte de la gravedad? Porque Él quiere.

Del valle en que se asentaba, Medellín solo ocupaba una mínima parte. Por pastizales idílicos de que eran dueñas las vacas corría el río de su nombre, el Medellín, alegre, limpio, diáfano. La Arcadia pues. Primero llenaron el valle de casas. Luego llenaron las montañas circundantes. Y hoy andan tumbando las casas para construir en sus lotes edificios, cada vez más altos, más altos, pero cada vez más chicos, más chicos sus apartamentos, ¡eh ave María! Chiquitiquitiquiticos. Y atestados. Tumban para construir y construyen para tumbar. ¡Y qué importa, qué dicha! La vida es para llenarla. Si no, es un balón vacío. En cuanto al río, lo convirtieron en un desaguadero de cloacas: la cloaca Medellín, que arrastra en sus turbias aguas, amén de excremento humano, vasitos de icopor, ácido sulfúrico, condones, embriones, fetos... A los gallinazos que acuatizan sobre sus negras ondas a ver qué pescan les da fiebre tifoidea, no logran volver a alzar el vuelo, caen desvanecidos y la corriente se los lleva rumbo al mar.

—¿Gallinazos son los zopilotes de México?

—Exacto. Los buitres, el *vultur* latino. Negros, relucientes, hermosos. No me canso de ponderarlos.

Si pudiera volar como ellos, me iría a planear sobre las miserias humanas. De arriba vería lo de abajo tan chiquito... Chiquiticos el presidente y sus ministros, chiquitico el papa. ¡Y tan pasajeros ellos! ¡Tan poquita cosa de uno en uno y todos juntos! Soy un gallinazo, un zopilote, un buitre, y paso sobre el palacio presidencial de Nariño de nuestra capital Bogotá en vuelo rasante. ¡Zuaaaaas! ¿Qué dejo al irme? Tan, tan, tan... Como mano que va diciendo así y así, o sea ni bueno ni malo, va cayendo sobre el tal palacio, en caída tornasolada, dando visos, una de mis plumas negras espléndidas.

«¡Abuelita, abuelita, Elenita, Elenita, ya llegamos, aquí estamos!» Niños bobos. ¡Como si no los estuvieran viendo! Claro que habían llegado, ahí estaban, desembarcando del Fordcito. Bajó papi, bajó Lía, bajé yo, bajamos todos. Lía con su bebé en los brazos: «Silvito se mareó —dijo no bien bajó, desembarazándose del bebé, que le entregó a Elenita en consignación, como si fuera un paquete—. Casi se nos mata en una curva».

No, Lía, por Dios, no enredés, estás equivocada, confundiendo como siempre tus hijos: Silvio no era el bebé que traías en brazos ni el que se mareó. El bebé era Mateo. El que se mareó era Manuel. Y el que se cayó en una curva era Álvaro. En cuanto a Silvio, sí se mató, pero añísimos después y no en accidente de carro sino de un tiro en la cabeza.

—¡Qué horror!

Horror que una matrona confundiera sus hijos cuando solo iba por los siete u ocho. Silvio simplemente se escapó de su manicomio por la puerta falsa. «Lía es loca» decía su mamá, mi abuela Raquel. «Sí, abuelita, tu hija es loca. ¿Y para qué la tuviste entonces? Decí, decí, a ver, a ver». No decía, no veía, no contestaba. No sabía qué contestar.

Abuelita y Elenita, en una curva se nos cayó Alvarito: se abrió la portezuela, se salió del carro y fue a dar a una cuneta como un costal de papas. «¡Papi, papi! —gritábamos desesperados—. ¡Pará, pará, que se cayó Alvarito! ¡Se mató!» Papi paró, nos bajamos del carro y recogimos al niño caído. ¡Qué se iba a matar! Dos rasguños y ya. Le fue tan bien en su caída a Alvarito como a Silvio cuando la canastica en que lo dejamos de bebé (mientras desempacábamos del carro la comida y extendíamos en el prado los manteles) se fue rodando por la pendiente del altico en que lo instalamos a ver si no subían hasta allí las culebras a darle vuelta, y cayó al Tonusco, un arroyo bravo y malo que se lo fue llevando rumbo al Cauca, un río más bravo y más malo que él. «¡Corran, corran detrás del niño, que se nos fue!», gritábamos. Corrió Ovidio tras él y lo alcanzó en un recodo, lo sacó del arroyo y lo rebautizamos «Moisés», el salvado de las aguas. «Moisés —le decíamos después, cuando empezó a crecer—, andá y nos hacés jugo de naranja en la cocina». Lo enfurecía que lo llamáramos con el nombre bíblico. Partía en carrera loca al patio a darse de cabezazos iracundos contra las baldosas del piso. ¡Qué duras, por Dios, esas baldosas, yo también las probé! Rojas, las recuerdo muy bien, y hasta los mínimos detalles y los últimos rincones de esa casa de la calle del Perú del barrio de Boston donde nacimos todos. Ah no, digo mal, todos no: los primeros siete, los de la primera tanda, cinco niños y dos niñas, Gloria y Marta. Los de la segunda tanda, trece, todos hombres, nacieron en la casa del barrio de Laureles, que para mí no cuenta, no me interesa, no me importa, aquí la borro, bórrenla.

—¿Cuántos fueron pues ustedes en total?

—¿En total sacando cuentas? Veinte.

Veinte que van así: dieciocho varoncitos o *maschietti* como dicen los italianos, y dos *femminucce* o hembritas, que poníamos a boxear como Pambelé contra Frazer, la una de seis años y la otra de siete, hasta que se sacaban sangre. Les envolvíamos los puños en toallas amarradas con cabuya, o sea cuerdas, las azuzábamos, y las dos hembritas se volvían dos gallitos. «¡Dale, dale, Pambelé, tumbate al gringo!» Colombia era entonces un país despoblado, con menos habitantes que París. ¿Se imaginan un país de un millón de kilómetros cuadrados con menos habitantes que una mísera ciudad francesa? ¡Qué vergüenza!

Vuelvo a los cabezazos de Moisés para contar, por asociación de ideas y rabietas, que a mi abuelo, que se llamaba Leonidas y que también de niño se daba de cabezazos contra el piso (de ladrillo, pues en sus tiempos no había baldosas), le decíamos «Leoniditas». «¡No me le saquen punta a mi nombre!», gritaba enfurecido, pataleaba y le salía babaza por las fauces. ¡Como si un nombre fuera un lápiz al que uno le saca punta con un sacapuntas! «Bueno, Federico, no te enverraqués, no te vamos a volver a decir Leoniditas», contestábamos, y peor. ¡Qué iracundia porque le dijeran Federico! Se desmelenaba, ¡y era calvo!

—¿Y quién era Federico?

—¡Sabrá Dios! Sería uno que no le pagó unos marranos. «A esconderse, niños —nos decíamos—, que ahí viene Fede».

Venía con un zurriago mojado. A Martica un día en que estaba doña Josefina la de enfrente en Santa Anita de visita, la agarró y la levantó por los pies porque le tiró a Gloria delante de la señora una muñeca de trapo rellena de aserrín, que se despanzurró regándolo todo por el piso de tabla de la sala. La finca de doña Josefina, la de los Mejías, quedaba enfrente de Santa Anita, cruzando la carretera. ¡Eh ave María, qué locos los Mejías, veinte o treinta locos!

—Entonces ustedes no estaban muy bien de la cabeza en su tierra...

—No, sí estábamos, pero había excepciones.

Continúo con la historia. Agarró el abuelo a Martica por los pies, la levantó en vilo raspándole de paso la cabeza contra el piso, y sacudiéndola de arriba abajo bocabajo como para que soltara monedas (que qué iba a tener la pobre) le iba diciendo: «¡Condenada, maldita!» Del susto Martica se orinó, y caían los orines sobre el aserrín del piso y delante de la visita. ¡Qué vergüenza, por Dios! A las dos niñas nunca se les olvidó la lección. Ya de viejas lo contaban muertas de risa. Hoy el abuelo está en la gloria con sus nietas. O en los infiernos.

—También podrían estar en el purgatorio.

—No señor, el purgatorio ya lo suprimieron.

Todo lo cambian, lo modifican, lo dañan. Hoy la novelería manda en el mundo y hace estragos. Lo bueno no hay que tocarlo, señores, hay que dejarlo como está. ¿Para qué me les quitaron, por ejemplo, el dial a los radios? Pues para hacerme más difícil encontrar las emisoras. Esta es la hora en que el hombre, que fue a la Luna, no ha podido inventar un inodoro que sirva: no caen los tapones de los tanques y se sigue chorreando el agua, despilfarrándose, ¡como si quedara tanta en el planeta! A ver si los de los telefonitos inteligentes son capaces de inventarse un inodoro decente. O eliminen de una vez por todas la digestión para que la cloaca Medellín vuelva a ser el río diáfano de antes. Que el hombre reprocese en la luz de sus oscuridades interiores los alimentos indefinidamente, una y otra vez sin desecharlos. ¡A ver si son tan verracos!

—¿Por «verraco» entiende usted el cerdo padre?

—No. Entendemos por «verraco» el muy capaz. Apréndase la palabrita porque la va a necesitar, allá es de uso obligado. Y ni se le ocurra salir a la calle armado de revólver que se lo roban. Saque lo menos que pueda: dos billetes grandes y dos chicos y ya. Y no farolee. Vuélvase el hombre invisible para que no lo vean. Si lo ven, le piden, le roban, lo atracan, lo matan.

—¿Entonces a qué voy? Me dijeron que allá había mujeres muy hermosas.

—Que las hay, las hay, pero tienen dueño. No son lotes baldíos. ¿De cuánto tiempo dispone?

—De tres días.

—¿Tres días? Calcule un año. O diez. Mujer bonita nunca anda sola, siempre va acompañada, porque si no, en la primera esquina le echan mano. Vivimos en un mundo de competencia feroz, en guerra a muerte por un palmo de la calle, con todos los nichos ocupados.

A ocho kilómetros de Medellín, a mitad de camino entre Envigado y Sabaneta y a mano izquierda yendo (o derecha viniendo), entre naranjos, mangos y limoneros en un altico se alzaba Santa Anita: alegre, limpia, hermosa. Desde la carretera la veíamos y desde su corredor delantero nos veían: «¡Ahí vienen, ahí vienen!», decían el par de viejas aterradas. «Sí, ahí vamos, ¡y qué!» Abrimos la portada, tomamos la carreterita de subida, pasamos el carbonero y las dos palmas y llegamos. «¡Uf, qué viaje! Ocho kilómetros, como de aquí a la Luna. Muy tristes sin nosotros, ¿eh?, abuelita y Elenita, pobrecitas. ¿Cuándo es que va a venir el abuelo a acompañarlas? ¿En mayo, en junio, en julio, en agosto?»

El abuelo vivía en Barranca, abreviatura de Barrancabermeja, una ciudad inhóspita y calurosa a la orilla del Magdalena, el gran río que desembotelló a Colombia, cenagoso, pantanoso, con caimanes y doradas, que eran unos peces hembras del tamaño del tiburón y que tenían la mala costumbre (o buena para ellas) de llevarse a los pasajeros que les caían por borrachera o descuido, como maná llovido del cielo, de los barcos o de los planchones. Barcos de rueda, ¿eh?, a ésos me refiero. ¿Usted no los conoció? Se los perdió. ¿Y nunca ha visto un caimán? ¿En cine? En cine un caimán no es un caimán sino su representación engañosa. ¿O me va a decir que el David de Miguel Ángel es lo mismo en persona que en una foto? En foto no se siente la escultura, ni la arquitectura, ni la pintura, ni la gente. La fotografía es la pornografía del arte.

Una dorada se llevó una noche a Carlos, el marido de Toña, la hermana de mi abuela: se cayó de un planchón borracho y hasta el sol de hoy. Así Toña quedó viuda y se emparejó con Elenita, que años atrás había enviudado. Años después enviudó mi abuela y se emparejó con sus hermanas. Pero la muerte de mi abuelo, su marido, Leonidas, Leoniditas, Federico, son palabras mayores. La dejo para después, a ver si no me vuelven las ganas de llorar como cuando me dieron la noticia, ¿hace cuánto?

Ahora estoy en Santa Anita respirando su aire fresco, divisando a pulmón lleno el panorama, el paisaje espléndido que se abre ante mis ojos infantiles, ávidos, desde el corredor delantero: platanares hermosos, cañaduzales hermosos, cafetales hermosos, un valle hermoso, un río hermoso. Es el Medellín ni más ni menos, que viene de lejos y va para lejos. «¿Dónde nace el río Medellín, niños?» «En las montañas, maestra». «¿Dónde muere el río Medellín, niños?» En otro río, que muere en otro río, que muere en otro río, que va a morir en el mar, el de la Muerte grande que nos abarca a todos. Yo me muero, tú te mueres, él se muere, nosotros nos morimos, vosotros os morís, ellos se mueren. Así se conjuga en presente morir, de la tercera conjugación, la de los terminados en «ir» como vivir, reír, dormir... ¡Ah qué idioma hermoso! ¡Cuál hermoso! Si lo fue algún día, lo volvieron otra alcantarilla.

Desembarcados en Santa Anita empezábamos nuestra inspección minuciosa: «¿Dónde está esto? ¿Dónde está aquello? ¿Dónde está lo otro? ¡Carajo! ¿Dónde nos lo pusieron?» Como si los dueños fuéramos nosotros. «¿Dónde metieron la guadaña?», preguntábamos. «Se la llevó la Muerte», contestó un ánima desde un rincón. «¡Uy, qué miedo, corramos!» Santa Anita estaba infestada de ánimas que salían de noche, pero esta condenada nos salió de día. Mejor no volvamos a preguntar por guadañas, preguntemos por la medialuna, que sirve para tumbar las naranjas que estén muy altas: «Elenita, ¿dónde metiste la medialuna?» «¡Yo qué sé, yo no tengo qué ver con eso!» «¡Ay sí, yo qué sé! Nunca sabés nada. ¿Sí es verdad, Elenita, que a tu marido se lo llevó una dorada?» «No, niños, fue a Carlos, el marido de Toña, por borracho». Toña y Elenita no se querían desde hacía años, se pelearon. «¿Desde cuándo, abuelita?» «Desde antes de que nacieran ustedes». «Ah... ¿Y por qué se pelearon?» «Ya no pregunten tanto niños, que estoy ocupada». «Decinos entonces cómo se llamaba el marido de Elenita». «Alfredito». «¿Alfredito? ¿Es que era muy chiquito?» «No. Por cariño». Le llevaba veinte o treinta años a Elenita, a la que trataba como una muñeca aséptica, por lo cual no tuvieron hijos, por lo cual cuando Alfredito se murió Elenita se quedó sola y se tuvo que ir a vivir con mi abuela, por lo cual lloraba y lloraba y lloraba. Ah, no, miento: lloraba porque su mamá, mi bisabuela, Raquel primera, no la dejó casarse con Roberto Campuzano, al que amaba, y terminó casándose con un viejo, lisiado de la Guerra de los Mil Días. «¿Y por qué no la dejó casarse con Roberto, abuelita?» «Porque Roberto tomaba mucho, niños». «Papi también toma, ¡y qué! ¿Y cuál era el apellido de Alfredito?» «¡Eh, ya no pregunten tanto que me van a enloquecer! Váyanse a jugar al platanar, pero cuidado con las culebras». ¡Ay, abuela, si vivieras, cuánto más tendría que preguntarte ahora sobre lo que no me contaste entonces! Para entenderme, para entender, aunque fuera a estas alturas, ya al final. Alfredito era abogado sin titular, rábula, y había perdido un brazo en la guerra. Alcancé a ver su foto en su tarjeta postal, que guardó Elenita junto con un extraño tenedor-cuchillo que usaba él para comer. Alfredo Escalante se llamaba. De él hoy solo quedan, cada día más borrosos en mi recuerdo entristecido, ese documento de identidad descontinuado con su foto y ese tenedor-cuchillo. No era nada conmigo, nuestro parentesco era mínimo, no nos conocimos pues él murió antes de que yo naciera, pero lo sigo queriendo, sin que sepa por qué.

¡Ah, antes de que se me olvide, que hoy amanecí desmemoriado! El cóndor. ¡El cóndor, por Dios, el cóndor! El que se iba a llevar a mi concuñada Ñata de niña en pleno parque de Envigado. En el atrio de la iglesia, y ante la multitud de los domingos, bajó de lo más alto como un rayo, la tomó del cuello con las garras, y aleteando con sus alas enormes desplegadas, que levantaron una polvareda, alzó de nuevo el vuelo con ella y se la empezó a llevar. No pudo. Un señor de los que salían de misa agarró a la niña por los pies y se la quitó. A la niña le quedaron marcadas las garras del ave en el cuello (una cicatriz espantosa), y por eso cuando creció nunca se pudo casar. Ni con un chofer. ¡Pobre Ñata, te moriste soltera! ¡Qué importa, mejor! No te preocupés que ya te anoté en mi *Libreta de los muertos,* en la eñe, en que estás sola. En semejante letra tan fea no vas a tener competencia. En cambio los de la a... Acero Reinaldo, Acevedo Esperanza, Acosta Adela, Aguirre Alberto, etcétera, etcétera. ¡Eh ave María, Ñata, vos sí sos muy afortunada! Vas a seguir sola por lo que resta de la eternidad.

—¿Y qué hacía un cóndor en Envigado?

—¡Qué sé yo! Habría bajado de los Andes a buscar presa. O se escapó de un circo. Porque no me vayan a decir ahora que venía a misa...

A las cuatro de la mañana, para llegar a tiempo a Envigado a misa de cinco, salíamos de Santa Anita con el abuelo en su Hudson y él manejando. En el asiento de atrás, la abuela y Elenita amarradas con cinturones, aterradas por la velocidad de vértigo. «¿Y nosotros dónde vamos?» «Yo me escojo la ventanilla de adelante». «Yo la izquierda de atrás». «Yo la derecha». «La derecha no, que me la escogí yo desde ayer». «Que no». «Que sí». «¡Carajo! Entonces no voy». «¡Mejor! Así somos menos! ¿No ves que con Elenita y la abuela tan gordas ya no cabemos? Elenita, ¿por qué no se baja y se va a pie, usted que es tan buena?» «No, no la hagás ir a pie que todavía no amanece y está oscuro, y en la oscuridad la agarra de pronto un ánima sola cuando pasemos por el cementerio». «O la Muerte con su guadaña». «O el Ángel del Silencio». «¿Silencio yo? ¿Por qué? ¡Callate vos!» «No me callo, que se está mareando la abuela, callate vos! Abuelito, se está mareando la abuela». ¡Cómo no se iba a marear a veinte kilómetros por hora! Paraba el abuelo, la bajábamos entre todos, respiraba aire fresco, y los mismos que la bajamos la volvíamos a subir! «¡Eh ave María, abuelita, usted sí está muy gorda!» «No me miren», decía ella ofendida. «Entonces no la volvemos a mirar». Y seguíamos, ¡a veinticinco por hora! «¡Acelerá, abuelo, acelerá que a este Hudson Ovidio le sacó cien el otro día! Casi matamos a una vieja».

El abuelo aprendió a manejar de viejo, en seis meses, con el mismo instructor de Lía, Mi Rey, en un carro de doble freno y con nosotros en el asiento de atrás dando instrucciones: «Así no, abuelo, meté primera, pero ya, que el carro se te va a rodar de para atrás por la pendiente. ¡Así no! Soltá el clutch y meté el freno». «¿Entonces qué meto, primera o freno?» Dejaste pasar la hora de meter primera y el carro va ahora de culos a toda verraca rumbo a los infiernos en mi recuerdo horrorizado. Frenaba Mi Rey con su freno (pues para eso su carro tenía dos), chirriaban las llantas, rozábamos una tapia, saltaba un pollo, nos íbamos de lado y por fin parábamos y respirábamos. «¡Ahhhh!, nos salvamos, Mi Rey, vos sí sos un verraco», le decíamos para darle coba. Y al abuelo: «Si no te concentrás, abuelo, nunca vas a aprender. Hacenos caso a nosotros. A ver. Mostranos cuál es el clutch. ¡No, carajo, ése es el freno!» Seis meses y no distinguía el clutch del freno.

Un día en que no llegó Mi Rey porque su mujer estaba en labores de parto, el pichón de chofer decidió volar solo: «Me voy para Envigado —dijo—, en mi Hudson, lo voy a estrenar». «¿Nos llevás, abuelito, para ayudarte, que vos no ves muy bien?» «Súbanse pues». Subió el montón de niños al Hudson y arrancamos, de bajada, rumbo a la portada de Santa Anita para salir después a la carretera. Por sacarle el cuerpo a una carreta que había dejado un peón mal puesta a la altura del carbonero, se fue el abuelo rozando una cerca de alambre de púas y dejó el carro recién comprado más rayado por un flanco que el cuello de la Ñata desfigurado por el cóndor. «Abuelito, usted no sabe manejar, ya jodió el carro nuevo. Déjenos manejar a nosotros, que Ovidio nos enseñó». Que no, que él manejaba; o que si no, nos bajáramos. Era terco. «Abuelito, ¿por qué sos tan terco? ¿No ves que nos vamos a matar?» «Dije que no». Arrancamos de nuevo con el Hudson todo rayado, llegamos a la portada y cuando nos disponíamos a salir, asomando de a poquito el abuelo la trompa del carro a la carretera a ver si venía alguno, casi le da a un camión de escalera, que era lo que venía. ¡Qué frenazo el del pobre chofer del camión! ¡Qué terror el de sus pasajeros! Como esos camiones eran de bancas abiertas por los lados, les vimos sus caras lívidas. Nosotros no, tranquilos. «Tranquilo, abuelo, que el golpe avisa». Tomamos la carretera como Pedro por su casa. Dejamos atrás la finca de los Mejías, la de Las Brujas, la de Los Locos y pasamos por el cementerio empujados por el viento y gritando por las ventanillas: «¡Adiós ánimas solas! ¡A ver si son tan verracas y nos alcanzan!» En fin, en la pendiente de entrada a Envigado mató dos palomas y vino a cobrárselas el alcalde. Que no las pagaba. Que por las dos que le mató él le iba a mandar diez de la finca, que allá sobraban. «Abuelito, ya no tenés, se las robaron los de Las Casitas». «Shhhhhh, culicagados». *Culicagado* allá no es insulto, ¿eh? Es una forma cariñosa para designar a los niños. No es pues vocablo literal, es metafórico, relativo a la metáfora, que es una de las propiedades del alma. Mi abuelo nunca dijo una mala palabra. Jamás. La próxima vez que yo diga aquí *culicagado,* ya saben pues qué significa, y no me lo hagan volver a explicar, que ando muy ofuscado. *Culicagado* es un niño; y *culicagadito* un niñito.

«Leonidas Rendón Gómez, a su mandar», así se presentaba el bisoño cuando lo paraban los policías de tránsito, los *tráficos,* los *tombos,* a revisarle la licencia de conducir, la *patente,* en la que el ente emisor estipulaba que debía manejar siempre con gafas. La revisaba el policía de pasta a pasta, lentamente, con delectación, y le informaba: «No trae gafas, señor Rendón Gómez. Me lo voy a tener que llevar con todo y carro». «¡Ay no, no! —le implorábamos a los gritos los niños entre llantos histéricos—. No se nos lleve al abuelito, por el amor de Dios, señor tombo, que él es inocente. Llévenos más bien a nosotros. Si se lo lleva a él, la abuela se va a morir de tristeza porque lo quiere mucho. Y va a hacer enojarse con usted a mi mamá, que es muy brava. Carga revólver». El policía, desconcertado, le devolvía la patente al abuelo y se iba alejando, lentico, lentico, disimulando, con el rabo entre las patas. Si se portan bien, niños lectores, les voy a decir mañana los diez apellidos de mi abuelo de corrido. Ya saben los dos primeros. A que no saben el tercero, adivinen. Empieza por be. «¿Bedoya?» «Bedoya no, ése es un apellido feo». ¡Cómo se iba a llamar mi abuelo *Bedoya*! Suena a yota, que es un tubérculo redondo de allá, algo más grande que una naranja pero menos que una toronja, verde por fuera, blanco por dentro, de sabor soso y bobo y muy despreciado por los antioqueños pero que les encanta a las vacas. Pues van a ver, antioqueños, lo que van a comer cuando lleguen a los cien millones. ¡Yotas!

—Está equivocado. La yota no es un tubérculo. Tubérculos son los engrosamientos de las raíces de ciertas plantas, como la papa y la yuca. La yota se da en una enredadera.

—Usted no se meta, que usted no va en el avión. El que va en el avión, aquí a mi lado, es este señor decente. Le sigo contando, señor decente. Mi abuelo era calvo, huesudo y muy bravo, de zurriago y con caja de dientes.

—¿Y eso qué es? ¿Una dentadura postiza acaso?

—Exacto. De quitar y poner. De lavar y planchar.

Usaba calzoncillos largos que le llegaban hasta las pantorrillas y en los que se acomodaba arriba, cada tanto, el paquete: para la derecha, para la izquierda, para la derecha, para la izquierda. ¡Claro, como manejaba haciendo picos, en zigzag! Para aquí, para allá, para aquí, para allá. «Abuelo, manejá derecho que nos estamos mareando». «Es que les estoy sacando el cuerpo a los baches». Y cuando llegaba a una bajada, para ahorrar gasolina apagaba el motor y se iba con nosotros barranca abajo como un bólido. No paraba ni por el Putas. Se llevaba por delante lo que se le atravesara: bien mueble o inmueble, cristiano o semoviente.

Y su hija Lía igual. Terca y mandona como él. «Haceme esto, traeme lo otro, poneme esto allá». Y él: «Quítenle el musgo al naranjo, denles pasto a las vacas, búsquenme la revista *La Meta,* que no la encuentro». La abuela y Elenita en cambio jamás mandaban. Es que el abuelo y Lía eran Rendón, y ellas Pizano. Los Rendones mandan, las Pizanos obedecen. ¿Y yo? «A mí que no me joda nadie, que no me manden». «Niño, no se dice *joder,* suena mal, es muy grosero». «Aquí todo es grosero, ¡eh ave María!»

La Meta era la revista de la hípica colombiana, imprescindible para los que jugaban a los caballos, al «cinco y seis». Los caballos corrían en el hipódromo de Bogotá, pero con ellos nos desplumaban en toda Colombia. ¡Qué importa, la vida es juego! Que aprenda el niño a jugar para que aprenda a perder. El que vive pierde. ¿Y saben por qué no encontraba el abuelo la revista *La Meta* en la mesa del comedor, que es donde hacía el «cinco y seis»? Porque Carlos se la llevó en un descuido para limpiarse el trasero. «Vas a ver, maldito viejo, que no me vas a volver a pegar. Te las voy a cobrar», se decía y se limpiaba lo dicho. Más tarde, en otro descuido del abuelo, volvía esta alma negra que fue mi cuarto hermano con *La Meta* autografiada a dejársela en la mesa del comedor. Consumada su venganza, se iba con nosotros y con Capitán a coger zapotes en El Alto, arriba del cafetal. Al volver encontrábamos al hípico limpiando mansamente su revista con un trapito mojado. «Raquel —le decía—, estos niños de Lía son muy traviesos. Hay que esconder las escrituras». O sea lo más precioso de Santa Anita, lo que acreditaba su propiedad. Y eso era todo. Por delicadeza no le contaba a su Raquel de qué limpiaba la revista ni de dónde provenía la suciedad. Jamás salió de su boca una mala palabra. Era la rectitud misma, así manejara en zigzag.

«Cómanse todo el sancocho, niños, no me dejen nada, que ustedes no son ricos», nos decía su hija Lía, la economizadora. ¿Que no? ¿Y la casa y la finca y el piano y el carro qué? ¡Claro que éramos ricos! Nacimos de familia rica, gracias a Dios. Mi papá era político y llegó a ministro. Éramos (porque así lo dispuso Dios, no nosotros) beneficiarios de la democracia. En cuanto a los pobres, los compadecíamos. Triste espectáculo el de sus vidas llenas, ¡pero de carencias! La desdicha ajena empaña la felicidad propia. Por eso quiero que se acaben los pobres, para que no sufran más.

—¿Cuál era el más malo de ustedes?

—Carlos. Carlos, Carlos, Carlos. ¿No mató pues al abuelo en el hospital?

—¿Cómo? Cuente.

—Más tarde, a la llegada, cuando este avión se empiece a zarandear bajando al aeropuerto de Rionegro para aterrizar, y así desviamos la mente del peligro.

De mi situación actual, le digo por lo pronto que es holgada y que la pobreza, como van las cosas, ya no me llegó, me quedé sin conocerle la cara. Revolución no va a haber porque esta entelequia odiosa está prácticamente erradicada del planeta. Con que no me deje robar del gobierno... Mis pagarés, mis acciones, mis lámparas de Baccarat, mis alfombras persas, mi sofá Chester, mis contantes y sonantes... Vivir alerta pues para no llegar con necesidades a la fosa. Tal mi máxima. Como bien, duermo bien, veo bien, oigo bien, viajo en turismo no para no gastar, que sí gasto, sino por modestia. No defiendo mis derechos, pues no tengo, ni constituyo una carga para la sociedad, a la que le economizo agua, luz, basura. Soy ciudadano modelo. ¿Cómo va? ¿Bien? ¿O sigue muy nervioso?

—Muy nervioso.

—¿Qué teme? ¿Que nos secuestre el Estado Islámico? Pierda cuidado, que ellos no alcanzan hasta aquí. Le sigo contando.

Nunca me vengué del abuelo como Carlos, ¡y me hizo varias! Un día me dio una zurra con el zurriago. Sin empacar la ropa salí y me fui, caminando. Dejé las palmas, dejé el carbonero, dejé la portada y tomé la carretera rumbo a Envigado y Medellín. Hagan de cuenta un viaje a Marte. De vez en cuando pasaba un camión de escalera, un señor con unas mulas, una vaca extraviada... Pasé por el cementerio, pero como era de día no me asusté. El Ángel del Silencio me decía desde la entrada, con el índice en los labios, que me callara. «¡Si no estoy hablando!» Mentiras, sí estaba hablando: conmigo mismo, que es lo que he hecho toda la vida. Llegué a Envigado y sin entrar al pueblo seguí por la carretera. A la altura de la quebrada La Ayurá, en la que las mujeres no se pueden bañar porque salen preñadas porque los seminaristas del seminario de al lado se bañan ahí también y son muy pajizos, me alcanzaron unos «chinches», que quiere decir muchachos malos del pueblo. «¿Adónde vas, monito?», me preguntaron. «A Medellín». «¿Vos vivís en Medellín?» «Sí, allá vive mi papá». «¿Y qué hace tu papá?» «Él es muy importante». «Entonces tenés platica». «Sí. Mucha». «¿Cuánta traés?» Me busqué en los bolsillos y nada. «Nada». «Entonces no sos rico, sos pobre. El que no trae nada no es nada. Vos sos nada». Y así seguimos caminando un trecho. A la altura del Club Campestre me propusieron que me llevaban a Medellín a caballo y que allá les pagaba. «¿Y dónde está el caballo?» «No. No hay caballo. Vos te montás a la espalda de uno de nosotros y te llevamos al anca». «No. Yo más bien sigo caminando solo». «Siga pues caminando solo y que no le pase nada, monito».

—¿Monito? ¿Es que usted era muy bonito?

—Bonito no. Es que allá a los rubios les dicen *monos*. Y a los monos les dicen *micos*. Y a un compañero de mi papá del senado, que era moreno tirando a negro, le decíamos «Mico Ramírez» o «Mico Pajizo».

Ya murió ese senador y ya lo anoté en la libreta. Pero no en la ere. En la pe: «Pajizo Mico».

—Usted tiene muy buena memoria.

—Ni tan buena. Solo me acuerdo de lo que me acuerdo.

¡La alarma que se desató en Santa Anita! El abuelo, arrepentido. La abuela, con palpitaciones. Elenita en lágrimas. «¡Se perdió para siempre el niño, no lo volveremos a ver!» Y lloraban y lloraban y lloraban. A Medellín llegué a media tarde. «¿Y usted qué hace aquí? —preguntó Lía asustada—. ¿Se vino solo?» «Sí, porque el abuelo me pegó». ¡La angustia en que vivieron en Santa Anita las horas que siguieron! Y no había teléfono para llamar ellos a Medellín. ¡Qué iba a haber, ese invento era muy reciente! Ni había tampoco televisión. Radio sí, no soy tan viejo. La abuela y Elenita, a mañana, tarde y noche oían radionovelas. Después el abuelo le tomó gusto al género. «Shhhhh, dejen oír», decían. Los tres oyendo. «A las doce —decía una voz cavernosa desde el aparato—, morirá Nina». ¿Quién sería Nina, que ya no recuerdo? Vaya Dios a saber. Lo único que ahora sé de ella es que iba a morir a las doce.

Vuelvo al corredor delantero de Santa Anita donde me dejé divisando el panorama. Ya basta de panoramas, ¡a la acción! Y cruzábamos la casa a la carrera (sala, antesala, patios laterales, comedor, corredor trasero), salíamos al aire libre, subíamos una escalera de piedra, ¡y a revisar la gruta de la Virgen, que está empezando la pendiente! ¡Ah, qué descanso, no se la han robado! «Virgencita linda, no te han robado, gracias a Dios». ¡Claro! Si no está protegida ella, ¿entonces quién? La protege su hijo, Dios. «No señor, el hijo de la Virgen no es Dios sino Cristo». «Vos no sabés, mentiroso. Es Dios». «Que no. Preguntale a Ovidio y verás. ¿Cuánto apostamos?» Que sea Dios o que sea Cristo no importa. Lo que importa es que no se robaron la Virgen, la Inmaculada Concepción. ¡Cuánto refulge esa Virgen en mi recuerdo! Vestida de blanco entre tules azules y con arreboles en la cara. Parecía de delicuescente porcelana o de translúcido mármol. ¡Qué va! Era de cemento pintado. La habían instalado en una gruta de pedruscos blancos de río, redondos, suaves. Es mi recuerdo más lejano de Santa Anita. Papi y el abuelo se la acababan de comprar a don Francisco Antonio Villa y habíamos ido a conocerla. Andando el tiempo papi le vendió su parte a su suegro, pero nos seguimos sintiendo dueños. «Abuelita y Elenita, ¿de quién es la finca?» «Del abuelo». «No señoras, están muy equivocadas. La finca es nuestra. Pero no se preocupen, que si se portan bien no las echamos. Se pueden quedar viviendo aquí eternamente». ¿En qué año compramos a Santa Anita? ¡Uy, uy, uy! En el tiempo de upa. No digo el año porque me calculan los años. «Tené, comé, llenate». «¿Qué le están dando, por Dios, niños, a Capitán?» «El bizcocho de novia que te trajeron, abuelita, él también tiene derecho a comer». El así llamado era una torta negra de panela con pasas y fruta cristalizada, deliciosa. Solo se comía dos veces en la vida: el día de la primera comunión y el del matrimonio. Como yo no me casé (porque Dios me dio una cruz distinta, que algún día digo), sigo comulgando todos los días como si fuera la primera vez, a ver si me vuelven a dar bizcocho de novia. ¡Qué delicia! ¡Qué días felices, cuánto los añoro! Comíamos seis veces diarias, a saber: desayuno, mediamañana, almuerzo, algo, comida y merienda.

—¿Qué comían en el «algo»?

—Chocolate con pandeyuca, mojicones, tostadas, panes de dulce...

—Entonces no era un «algo», era un «mucho».

—Sí, era más bien bastantico.

Pues le diré que Lía lo fue suprimiendo todo a medida que le iban naciendo los hijos. Cuando iba por Carlos ya había suprimido la mediamañana. Cuando nació Manuel suprimió el algo. Y a partir de Manuel, con los sucesivos vástagos fue suprimiendo lo que quedaba, hasta reducirnos a un tentempié a mitad del día, que llamaba «almuerzo». ¡Almuerzo el de antes, el de Jauja! Constaba de jugo de frutas, sopa, ensalada, arroz, patacones, frijoles, carne o chorizo o pollo, mazamorra y dulce de guayaba, de curuba o de lulo. Suprimió el dulce, suprimió el jugo, suprimió la ensalada, suprimió el arroz, suprimió los patacones, suprimió los frijoles, suprimió la carne, suprimió el chorizo, suprimió el pollo, suprimió la mazamorra y el almuerzo quedó reducido a una sopa aguada, que es lo que aquí he llamado tentempié.

«Mami, ¿no ves que tu marido parece un faquir? Dale de comer». No veía, no oía, no le daba. Cuando el faquir regresaba a casa en la noche de los sábados achispado, para hacerse perdonar nos traía una caja grande de cartón con pescado frito y papas que compraba en el Manhatan, una heladería o café según él pero no: un bebedero de aguardiente. «Por Dios, papi, ¿una heladería o un café abierto a las doce de la noche?» Cantina sería. En fin, cantina o café, esa noche excepcional comíamos. Acabada la comilona el achispado se quitaba la pretina con que se amarraba el pantalón y repartía fuete. ¡Y después me vienen los irlandeses con sus novelas de infancias desgraciadas! Desgraciados nosotros.

—Pensé que eran muy felices.

—Mucho. Tanto que no nos dábamos cuenta de nuestra desdicha.

La caja de dientes por la que me preguntó cuando íbamos sobrevolando a Costa Rica solo se la quitaba el abuelo en la noche para dormir. Impresionante verlo en esa facha, calvo, huesudo, descoyuntado, desdentado. Se diría la Muerte en persona si se dejara poner la guadaña de la finca en la mano. «Abuelito, ¿te ponemos la guadaña?» No se dejaba. ¡Rebelde y terco como su hija! ¿Qué política le aplicábamos al endriago, al espantajo, a la quimera? La del sometimiento. Pero no el de nosotros a él: el de él a nosotros. Lo domábamos porque lo domábamos. Un ejemplo. Entrábamos sigilosamente en la alta noche a su cuarto, donde dormía con la abuela roncando a pierna suelta. «Shhhhh», nos decíamos. Pasábamos al baño sin hacer ruido. Y ¡tas! Les vaciábamos el inodoro y salíamos por la ventana del baño a uno de los jardincitos interiores de la entrada al comedor, para regresar de inmediato a nuestros cuartos a acostarnos. «¿Qué fue eso, Leonidas?», alcanzábamos a oír que le preguntaba la abuela asustada. Y él, medio saliendo del sueño: «El inodoro que se vació». ¡Como si los inodoros se vaciaran solos!

Luego perfeccionamos la fórmula y nos inventamos el vaciado a control remoto. Le atábamos a la varilla que sostenía la cadena del tapón del tanque del inodoro un hilo largo que controlábamos a voluntad desde el jardincito interior por la ventana del baño. Jalábamos delicadamente hacia arriba la varilla y se vaciaba el inodoro. «¡Leonidas! ¡Leonidas! ¿Qué pasó? ¿Qué pasó?», oíamos que le decía la abuela alarmada. Y él: «El inodoro que se vació». «Andá, Leonidas, al baño a ver quién lo vació». Mientras el abuelo se levantaba, se refregaba los ojos y se acomodaba la guasamayeta, nosotros jalábamos fuerte el hilo para que se rompiera, lo íbamos enrollando y nos íbamos con él al cuarto a dormir. Nunca descubrieron la solución del misterio. Se murieron sin saber cómo era que un inodoro se podía vaciar solo como los de los aeropuertos de ahora.

La caja de dientes, que en las noches metía a descansar de tanto trajín en un vaso de agua, lo acompañaba desde los diecinueve años, cuando por un dolor de muelas se hizo sacar los suyos propios que Dios le dio. «¿Para qué te los hiciste sacar, si te ves tan feo, abuelo?» Que más valía un feo sin dolor de muelas que un bonito padeciéndolo la vida entera y pagándoles a los dentistas. La caja de dientes era un apéndice de sí mismo, extraíble pero esencial para su supervivencia pues sin ella no podía comer, y sin comer nadie puede vivir. Valía más para él que todos sus instrumentos de trabajo juntos, con los que fabricaba zapatos: cuchillos, agujas, pespunteadoras, leznas. ¡Qué tragedia el día que se le perdió y no la pudo encontrar! «¿Pero dónde la habré puesto, Raquel?», preguntaba nervioso. «Hacé memoria a ver», respondía ella. «Anoche la dejé en el lavamanos, en el vaso de siempre». «Pues ahí tiene que estar». «No está». Y que empieza la búsqueda de la caja de dientes por toda Santa Anita. ¿En el comedor? No estaba. ¿En la cocina? No estaba. ¿En la alacena? No estaba. ¿En los escaparates? Tampoco. ¿Debajo de las camas? Tampoco. ¿En el techo? Tampoco. ¿En el piso? Tampoco. Tampoco en la pesebrera, a la que subieron con la esperanza de que la hubiera dejado allí y aún no la hubieran despedazado las vacas. ¿Dónde podría estar la bendita caja de dientes, la maldita? «Abuelito —preguntaba Carlos con cariño—, ¿no la habrá puesto usted por casualidad en un vaso con agua?» «Exacto, en un vaso con agua. ¿Usted la vio?», preguntaba él con los ojos iluminados por una chispita de esperanza. «No, abuelito, no la he visto», contestaba el muy taimado, el cariñoso.

El vaso había amanecido donde siempre, en el lavamanos del baño, lleno de agua pero vacío del contenido precioso. «A lo mejor vino don Francisco Antonio Villa y se la llevó, abuelo, no te preocupés que él te la devuelve», le decíamos para consolarlo. «Don Francisco Antonio Villa ya murió, hace años. ¡Cómo me la va a devolver! Además, ¿para qué va a querer un muerto una caja de dientes?» «Tal vez la necesita en el infierno, donde lo están quemando porque te engañó: te vendió Santa Anita llena de aguas subterráneas que el día menos pensado te van a tumbar la casa. No te vendieron una finca, abuelo. Te vendieron un pantano». «No, niños, la finca es un edén, tiene agua propia. Mete uno un palo de escoba en la tierra y brota un surtidor». Eso lo llamaba papi «optimismo ciego». Por eso le vendió su parte de Santa Anita al abuelo, porque con un socio así no se puede, papi era de un pesimismo lúcido. «La montaña de arriba se va a venir abajo algún día —advertía— y se va a llevar la finca». Y sí. Un día la montaña se vino abajo y se llevó la finca. Nostradamus tuvo razón.

Tres días buscaron por Santa Anita la caja de dientes en vano. Al tercero, para bajar la tensión Carlos organizó una velada nocturna de esparcimiento, que tendría lugar a las ocho de la noche, en plena oscuridad y en el cuarto grande que papi y el abuelo habían construido sobre el garaje como depósito de herramientas y bodega. Desescombramos el cuarto, montamos el escenario, subimos sillas del comedor para el público, e instalados como público el abuelo, la abuela, Elenita y Lía, y abiertas las diez ventanas del enorme cuarto a los campos y a la noche para que entraran, si bien querían, los murciélagos, dimos comienzo a la representación. En la vitrola de Ovidio rompió a sonar el escalofriante comienzo de «Finlandia» de Sibelius. Iba surcando el disco la gruesa aguja, sacándole al imaginativo compositor finlandés acordes horrísonos. Y levantamos el telón. Un camioncito de escalera de madera, de juguete, bajaba bajo la luna llena por una pendiente en medio de relámpagos y truenos que hacíamos con una linterna y martillando un cántaro de lata vacío de los de leche. De súbito surgíamos nosotros de aquí y de allá disfrazados de ánimas con sábanas blancas y linternas y nos precipitábamos sobre el camión: «Por orden de nuestra ama la Muerte, bájense todos los pasajeros que los vamos a descabezar». Silencio súbito. Se callan los truenos, se apagan los relámpagos, se corta la música, y en lo alto de un túmulo aparece la Muerte toda vestida de negro, con unos dientes salidos en una mueca horripilante. Tres linternas enfocaron sus luces en los dientes y los espectadores entendieron de súbito quién era la dientona: Carlos. Y de quién eran los dientes: del abuelo. ¡Era su caja de dientes!

La paliza que le dio el agraviado al agraviador esa noche fue memorable. «¡No lo matés, abuelito, no lo matés!», le implorábamos sus nietecitos angustiados. A la abuela le empezaron las palpitaciones y se iba a desmayar, pero Elenita y Lía la sostenían. «Por Dios, Leonidas, soltalo», suplicaba entre sollozos la santa. Ante semejante escena de pánico el desdentado reaccionó y soltó a su nieto, quien de blanco rubio estaba pasando a verde asfixia. La Muerte se lo iba a llevar. «Abuelo —le increpo desde el presente—, si supieras a quién ibas a matar esa noche. ¡Al futuro alcalde de Támesis, el pueblo donde nació mi papá!»

—¿Le pusieron a un pueblo el nombre de un río? Ustedes están locos.

A ver si los irlandeses de infancias desgraciadas pueden contar una escena de estas de pánico. ¡Borrachitos irlandeses a mí! Abuelo sobrio fue el que nos cupo en suerte. Ni una copa de licor le refrescó en su larga vida el gaznate. Dije larga, pero ni tanto. Setenta y dos añitos no es mucho, ¿o sí? Murió de cáncer de pulmón por fumar cigarrillos Victoria. En la Clínica Medellín Carlos lo ayudó a morir: le ató las manos por debajo de la cama con una sábana para que no jodiera y amaneció muerto. Como no podía hablar por el cáncer, al final mandaba manoteando. Después de lo de la sábana no volvió a manotear. Le aplicaron la sábana de Cristo y santo remedio.

—Y sus dos hermanitas, ¿estaban entre las ánimas que se apoderaban del camión?

—Todavía no habían nacido, vinieron luego. Preste atención.

A los seis y cinco años respectivamente, en el umbral del uso de la razón, Gloria y Marta entraron en escena para ayudar en la educación de los abuelos. Un ejemplo. La abuela y Elenita se sentaban en la sala (la una a leer, la otra a tejer) en dos sillones estrechos en que ni cabían porque como eran tan gordas quedaban embutidas en ellos como pie en zapato, y en esos dos paquetes permanecían dos o tres horas durante las cuales las niñas esperaban pacientemente a que se levantaran. Entraban, salían, disimulando, ansiosas. «¿Ya?», preguntaba una. «Ya casi», contestaba la otra. ¡Qué «ya casi»! No se levantaban. Hasta que por fin, porque a todo en esta vida se le llega la hora, se levantaban y la abuela se iba a la cocina a hacer el almuerzo y Elenita a regar las macetas (más de cien). Entonces las dos niñas, como impulsadas por resortes, se abalanzaban sobre los dos sillones, uno para la una, otro para la otra, y los olían con delectación. «¡Uf! —decían—. Huele a culo de vieja».

¡Y cuando Silvio descubrió el pedo químico! Los preparaba en esas tiras largas de papel blanco en que hacíamos las papeletas, unos petardos en forma triangular con pólvora adentro y una mecha que fabricábamos por tarrados, por gruesas, en la época de la navidad. Solo que en vez de pólvora les ponía Silvio el químico prodigioso, y en vez de mecha corta mecha larga, de uno o dos metros, para prenderla a distancia y metida en un tubo de la misma extensión no fuera a quemar la chispa, al recorrer su camino, la finca. Están ahora en la sala el abuelo, la abuela y Elenita, y tienen de visita a don Alfonso Mejía y a doña Josefina, de la finca de los Mejías; a las monjas de la finca San Rafael; a don Avelino Peña, de la finca La Peña, llamada así por él; y a las dos solteronas cojinetas de la finca Las Brujas, llamada así por ellas. Van y vienen la abuela y Elenita del comedor a la sala trayendo y sirviendo, en copitas chinas, vino de consagrar acompañado de galletas Sultana. Se arrellanan en sus asientos y se instalan en la conversación los anfitriones y sus huéspedes. Ha pasado media hora, una hora, y no se van. El cordón de san Benito y la escoba parada detrás de una puerta que a veces surten efecto, hoy no. No se van. Entonces entra en acción el pedo químico. Silvio enciende a distancia la mecha, la chispa se va por ella como loca hacia la papeleta, la prende y ¡pum!, explota el pedo químico y exhala, por todo el recinto, su olor sulfuroso. Consternación general. Repuestos del primer golpe continúa la conversación. Otra media hora o una hora y no se van. Entonces entra en acción el segundo pedo químico de Silvio, pero en el opuesto ángulo de la sala, debajo de alguna monja o bruja coja. El abuelo lívido, la abuela lívida, Elenita lívida. No sé qué sigue porque nosotros nos volábamos del lugar de los hechos y corríamos hasta la pesebrera donde nos reventábamos de la risa. O mejor dicho con ce, con ese verbo vulgar que empieza por ce y que tiene por preámbulo lo que fabricaba Silvio.

—¿Y su papá qué decía?

—Él nada, en la política. Además a él también le tocó su pedo químico.

En el bosque de Santa Anita, que en realidad no era un bosque sino el recinto que formaban cuatro mangos frondosos con su ramaje, solían reunirse en las noches los políticos del Directorio Conservador de Antioquia, al que pertenecía mi papá, a arreglar el país y a beber aguardiente. Se quedaban digamos de ocho a doce maquinando fraudes. Y hasta más tarde, según el calor de la campaña en que andaban. Dos, tres, cuatro, cinco botellas de aguardiente iban bajando por los gaznates. De pasante, mango biche, o sea verde, cortado en tiritas espolvoreadas de sal. Y de repente, en la refriega de las ideas pero siempre al calor de la doctrina pura del conservatismo, que es la de la Iglesia, ¡pum!, explotaba debajo de uno de ellos un pedo químico. Menos grave que en la sala, eso sí, porque la explosión y el olor se diluían en el «bosque». ¿Cuáles eran los políticos? El doctor Luis Navarro Ospina, factótum de la política de Antioquia, solterón, un beato; el doctor José María Bernal, exgobernador, llamado «Pepe Metralla», azote de los liberales del departamento y del país; el doctor Dionisio Arango Ferrer, gobernador en funciones; el doctor Manuel J. Betancur, padrino de Carlos y promesa del conservatismo antioqueño; el doctor Belisario Betancur, estrella ascendente, futuro presidente de Colombia. ¡Qué sé yo! Figuras del firmamento conservador, que iluminaba a Colombia más que la Vía Láctea. Todos los mencionados doctores no lo eran en realidad, porque en Colombia sin decir agua va todo el mundo, que antes era «don», ascendió de repente a «doctor». Los de mi lista eran abogados. Ya los anoté a todos en mi *Libreta de los muertos*. Vivo que muere, muerto que anoto. El último en morir fue el doctor Belisario, justamente el que llegó más alto. ¿Le habrá tocado al futuro presidente de Colombia en esas veladas bajo los cuatro mangos, a la luz de un mortecino farol, su pedo químico?

Éramos unos descreídos, unos herejes, unos relapsos. Nacidos en familia demócrata y cristiana, vivíamos para boicotear a la democracia y a Cristo. Satanás habrá sembrado en nuestras almas infantiles la semilla del anarquismo, ¿porque quién más? Rezábamos todas las noches el rosario, no faltábamos domingo a misa, llorábamos en Semana Santa, celebrábamos en navidad el nacimiento del Niño Dios... ¡Pero por hipócritas! En Antioquia se consideraba un gran honor tener en la familia un hijo cura o una hija monja. En la nuestra no. No hubo de uno ni hubo de otra. Sacando cuentas post mortem, fuimos una progenie de descreídos. Bien lo sabía Lutero, no hay libertad de decisión, el libre albedrío no existe, es una quimera. Fuimos lo que fuimos. Así lo dispuso Dios.

Primera demolición de Santa Anita, ya anunciada: la de las palmas que tumbamos y cayeron sobre parte de ella desde su envanecida altura. ¿Conque muy alticas, eh, muy altaneras las dos zánganas, que ni sombra dan? Van a ver. Corten, corten, muchachos, a serruchar con ganas. Para aquí, para allá, para aquí, para allá hasta que el serrucho vea la luz del otro lado. ¡Cayó Lenin de su estatua, no van a caer dos míseras palmas! Y vio el serrucho la luz del otro lado y cayó la primera palma y se llevó en su caída a media Santa Anita. De Santa Anita la bella, la aireada, quedó menos que de Alemania después del *Führer.* Éramos la horda de Atila, y yo era Atila. Primogénito por partida doble en calidad de primer hijo de Lía y primer nieto de mi abuela, mi autoridad era absoluta. Como la de Hitler en Alemania, Stalin en Rusia, Mao en China, Franco en España, Pol Pot en Camboya. Mi prioridad sobre los que vinieron luego estaba consagrada en la Declaración Universal de los Derechos del Hombre y en la Carta de las Naciones.

Segunda demolición de Santa Anita, la de la búsqueda del entierro de don Francisco Antonio Villa, a quien años después de muerto le dio por aparecérsele a Lía en sueños: «Busque, doña Lía, aquí». O «Busque, doña Lía, allí». Y de aquí en allí, donde él indicaba, Lía excavaba e iba tumbando: pisos, paredes, techos, cuartos, comedores, cocinas... «No, doña Lía —le corregía el muerto—, no es en la cocina: es debajo del naranjo de las ombligonas que está frente a la palma». Y a sacar de raíz el naranjo a ver qué había debajo: nada. «No, doña Lía, me entendió mal: el entierro está debajo del zapote que está subiendo a la izquierda de la gruta». Y a sacar de raíz el zapote que estaba subiendo a la izquierda de la gruta. «No, doña Lía: es debajo de la palma única, la que quedó después de que sus hijos tumbaron la otra». Con tal convicción hablaba el espectro en cada una de sus apariciones que doña Lía madrugaba a consecuentarle sus caprichos. La fiebre del oro se apoderó entonces de Santa Anita y excavábamos y tumbábamos a diestra y siniestra como dementes, secundados por un pelotón de albañiles demoledores que obedecían. «Tumben esta pared». ¡Y a tumbarla! Y pared caída tumbaba techo, y cuarto que caía, cuarto que se arrastraba a otro en su caída. El abuelo en Barranca, papi en la política, la abuela indefensa, Elenita indefensa, Lía desatada. En cuanto a los hijos de Lía, ¡con ella! Madre no hay sino una. «Para tumbar nacimos, Lía, indicá dónde, que vos mandás». «Anoche me dijo don Francisco Antonio Villa que aquí». «Pues aquí». Aquí era el comedor. Y empezaba la excavación del comedor. En la pared del comedor que daba al corredor trasero tenían instalado un San Antonio de Padua. En el muro opuesto a la cocina, un reloj de péndulo. «Tin Tan, Tin Tan, Tin Tan», iba diciendo con riguroso empeño, contándonos ¿lo que había pasado de vida? Sí, cada vez más, más, más. Y al mismo tiempo lo que nos quedaba. Cada vez menos, menos, menos. «Tin Tan, Tin Tan, Tin Tan», seguía diciendo. ¿Sabría el reloj de Santa Anita que Tin Tan era un cómico mexicano cocainómano y marihuano, muy loco él? Cien años por lo menos tenía ese reloj cuando lo que cuento. Hoy será bicentenario, como Colombia, si es que alguien lo ha conservado. ¡Cuánto no daría yo por tener ese matusalén!

El comedor no cayó, pero sí la cocina. «Mejor, abuela, estaba llena de ratas. Entraban del platanal por sus túneles subterráneos. Por eso nunca pudiste tener gatos: se los comían». ¡Eh ave María, qué ratas tan grandes, por Dios, y tan gordas! Parecían conejos.

Ya me perdí, una cosa me lleva a otra cosa y otra cosa me lleva a otra cosa. Retomo desde don Francisco Antonio Villa, el del entierro. ¿Qué entendíamos por «entierro» en Antioquia? Van a ver. Como en tiempos de mi abuelo no había bancos (y si ya empezaban nadie confiaba en ellos y con razón porque desde el comienzo han sido ladrones), la gente enterraba su dinero donde podía: en el piso de una alacena, al lado de un zapote, de un mango, de un aguacate, bajo el piso de un cuarto, en el techo de una pesebrera...

«Aquí te entierro y aquí te tapo, el Diablo me lleve si de aquí te saco», decía el desconfiado enterrador tras enterrar sus morrocotas en el seguro sitio que su imaginación le había dictado. «¿No las habrá enterrado don Francisco Antonio Villa debajo de la gruta de la Virgen? Se nos hace, Lía, que la construyó encima para disimular. Y para que de paso la Virgen le cuidara la plata». «Nada raro, niños, ustedes sí son muy perspicaces. Vamos a tumbar entonces la gruta de la Virgen que la Virgen no necesita grutas, ella está desde hace mucho con su Hijo en el cielo». Y tumbó la gruta. Lo mismo que le dio la Virgen a Lía habiéndole tumbado esta su gruta se lo habría dado si la hubiera dejado entronizada donde estaba: nada. La Virgen no tiene por qué dar ni andar alcahueteando pobres. Que no era el caso nuestro, ¿eh?, que quede claro. No necesitábamos las morrocotas. Teníamos casa, carro, finca, etcétera. Lo que pasa es que mucho nunca es mucho.

Tercera y última demolición de Santa Anita, la definitiva: se vino abajo la montaña de atrás en unos aguaceros muy fuertes y se nos llevó el paraíso. Nostradamus tenía razón, se salió con la suya. Papi, si vivieras, ¡qué gusto no te daría comprobar ahora que atinaste! En todo atinabas. Decías «Lía es loca». Y sí. Aunque eso no era una predicción del futuro sino una constatación del presente. El futuro va en futuro y el presente va en presente. Total, la finca que tumbó ella no era tuya, papi, le vendiste tu parte al abuelo muy a tiempo. La finca entera era de él. Y de haber aparecido el entierro, él se habría querido quedar con la mitad. O hasta con el ciento por ciento. «El que juega pierde, abuelo. Lo importante es no perder la vida. Seguí viviendo feliz, fumando tus cigarrillos Victoria, echando humo como lavandera mueca».

—¿Qué es «mueca»?

—Eh ave María, usted sí no habla español. «Mueco» es uno como el abuelo, sin dientes.

Nos quedábamos en Santa Anita los fines de semana, en Semana Santa una semana, en las vacaciones de julio todo julio, en las de noviembre hasta diciembre. Y así. Íbamos y veníamos, íbamos y veníamos. Cuando nos íbamos, paradas ambas en el corredor delantero y siguiendo con los ojos la bajada del carro hacia la portada, que cruzábamos para tomar la carretera y perdernos de vista en la primera curva, le decía Elenita a mi abuela con alivio: «Raquel, se fueron».

Se va también el sol cada día, ¡para volver a salir! No hay ocaso sin alba. Para no trastornar el orden cósmico, a la semana volvíamos. Subía el Chevrolecito jadeando por la pendiente de entrada diciendo «Aj, aj, aj, aj».

—¿No era pues un Fordcito?

—También tuvo mi papá un Chevrolet. ¿No le dije pues que éramos ricos?

«¡Abuelita y Elenita, qué alegría verlas, la falta que nos han hecho! ¿Todavía no ha venido el abuelo de Barranca?» Que todavía no. Que estaba vendiendo el almacén de calzado para venirse del todo a Santa Anita, a pasar sus últimos años. «Ojalá que venga pronto porque lo queremos mucho». Mentira, ni lo conocíamos. Lo habíamos visto de paso una que otra vez. Guerra casada con él todavía no había. Ésa fue después, todo tiene su orden. Una cosa hoy está aquí, mañana está allí. Hay ordenaciones del mundo cambiantes y aceptables, pero de cambio en cambio el orden se convierte en desorden. Lo mejor es dejar las cosas como están, no tocar nada. «Abuelita, ¿por qué está esta mecedora en la sala, si su sitio es el corredor?» «Niños, las mecedoras pueden cambiar de sitio según una las necesite». Fíjense que la abuela decía «una», en buen español; hoy las mujeres dicen «uno». Son machorras. ¡Ay, dizque «colombianos y colombianas»! Los colombianos abarcan a los colombianos, a las colombianas, a los transexuales y a las putas. ¡O qué! ¿Entonces usted va a decir «Las colombianas somos buenas»? Pero si usted es un hombre se está poniendo en el género de las mujeres. ¡Ay, tan delicadito usted! Renuncia a su sexo con tal de ganarse unos votos. Soy enemigo de la democracia en tanto no me elijan a mí.

¿Decía que qué? Que no había ningún entierro. El de don Francisco Antonio Villa resultó un espejismo onírico. Ruinas fue lo que dejó: adoquines levantados, árboles arrancados, pesebreras derruidas, muros y techos tumbados, huecos por todas partes. Ahora bien, me pregunto tratando de entender el mundo, ¿y las ansias de poder qué? Otro espejismo, pero de la vigilia. El poder no deja vivir. Ni el dinero. Ni la fama. Ni el sexo. El hombre feliz ha de ser un eunuco pobre, humilde, desconocido. En cuanto a mí, ni pobre, ni eunuco, ni humilde, ni tan desconocido. La Descabezadora me curará pronto de mis últimas ansiedades, si es que quedan.

Veinte procesadores de alimentos empezaron de un día al otro a comer salchichas. Hoy hervidas, mañana fritas. Pasado mañana hervidas, traspasado mañana fritas, y así. Lunes, martes, miércoles, jueves, viernes, sábados y domingos salchichas. Unos lituanos que habían traído los salesianos a Medellín arrancándoselos a las garras de Stalin montaron en el barrio de Prado una fábrica de embutidos. Lía la descubrió y santo remedio, milagro de la Virgen, a comer marido e hijos en adelante salchichas. Si en vez de hijos hubiera tenido perros, les habría dado bolitas de concentrado. Así muy fácil, ella feliz de la vida. De una mujer empedernida pueden salir veinte o treinta, como retoños de una mata de plátano. Y no digo más porque esto de las salchichas se refiere a la casa de la calle del Perú del barrio de Boston y aquí trato exclusivamente de Santa Anita. Unidad en el tema, claridad mental y no desordenar más el mundo que bien desordenado está.

«Raquel, llegaron —le dijo mi tía abuela Elenita angustiada—. Ya cruzaron la portada y vienen subiendo». «Ya veo, Elena. ¿Pero qué trae arrastrando el carro, que no distingo?» «Sí, Raquel, algo arrastran, ¿como qué será? ¿Una carretilla?» No, Elenita, no era ninguna carretilla, no seas bruta, era un remolque, fijate bien. Uno que papi le enganchó al Chevrolet para acomodar ahí más niños. «Doctor —le dijo uno de los políticos amigos en una de sus tertulias aguardientosas, sabatinas—, como ya tiene usted tantos hijos y en un solo carro no le caben, cómprese un bus». «Mami, ¿por qué papi no se compra un bus?», le sugeríamos entonces a Lía. «Porque no es rico, niños. Un bus cuesta un platal». «¡Cómo no va a ser rico, si es Secretario de Gobierno de Antioquia!» «Pero no roba». «Nos parece bien, Liíta, que no robe. Pero siquiera un poquito». Que no, que él no robaba, ni un centavo, que era honrado. ¡Maldita seas honradez! Desde aquí, con un pie en el estribo de la Muerte te maldigo. «Mami —le advertía yo a la mujer del honradísimo—, si llego a Secretario de Gobierno de Antioquia, me compro un barquito. Y te llevo a surcar el Magdalena y a ver caimanes».

Fuimos pobres porque mi papá fue honrado. Lo desapruebo. Erró. Un padre tiene ante todo obligación con sus hijos, la patria viene luego. Hijos primero, patria después. Cuando mi hermano Aníbal arrancó a tener hijos como lavandera mueca echando humo y se estrenó con dos niñas, les decía: «Niñas, cómanse toda la sopa, no me dejen nada en el plato que no somos ricos». Y las niñas al saber que no eran ricas, que eran pobres, se echaban a llorar. Ya murieron.

Están anotadas en la ve en la *Libreta de los muertos.* Natalia y Silvia se llamaban. Muy rabiositas.

Además de los carros mi papá tuvo una camioneta marca Buick. Se aburría de los carros y los cambiaba por otros. A mi mamá en cambio nunca la cambió. Era monógamo de mujer y polígamo de carros. Y tuvo también muchas fincas. Todas las vendía y en todas perdía. Les ponía agua corriente y luz eléctrica, les montaba casa, casita de mayordomo, trapiche, pesebrera, bebederos para las vacas, quiosco para el aguardiente donde pudiera beber él, beneficiadero de café. ¡Para el que venía! Él nada les sacaba. Construía por construir, para los otros. Era bobo. Ni tan bobo, vivió feliz. Yo le ayudé a bien morir. Lo cremamos. Ya lo puse en mi *Libreta de los muertos.* En la ve.

Nací pues de padre pobre por honrado. ¡Puta vida!

—Mire, mire, otro volcán, el quinto. Ya sobrevolamos el Popo y el Iztla, el pico de Orizaba, el volcán de Atitlán, ¿y vamos ahora sobre cuál? ¿No será el volcán de Fuego? Siguen El Salvador y Honduras, luego Nicaragua, luego Costa Rica.

En Costa Rica hablan de «vos» como en Antioquia, y piensan como en Antioquia y engañan como en Antioquia. Costa Rica es una prolongación de Antioquia, aunque sus hijos no lo saben. ¡Qué importa! Que se crean los costarricenses muy originales si eso los hace felices. La felicidad es el faro de la existencia humana. Ella nos alumbra, ella nos guía. Pues una cosa le quiero decir ahora a esta entelequia escurridiza: «Felicidad, te cambio por la paz del alma».

De la quimera democrática de mi papá poco más sacamos. Una casa más un carro y una finca que él cambiaba por otro, por otro, por otra, por otra. Nada ganaba, su capital no aumentaba. Sus hijos sí. ¡Qué alegría los hijos! Dios sí es muy bueno, que nos los da.

Los partidos políticos, sepan ustedes de boca del que nació en uno, son unas mafias descaradas, unas camarillas avorazadas, unos aprovechadores privados que se las dan de servidores públicos y a los que se les hace agua la boca invocando a la patria. No hay tal. No la quieren. La quiero yo que quiero que se acabe para que no sufra. Las dos grandes camarillas de Colombia que había cuando nací, el partido conservador y el liberal (que terminaron ramificándose en varios otros como matas de plátano a las que les salen retoños), eran unos rapaces descarados. Han mantenido a la pobre Colombia en guerras civiles desde que nació. Vean ustedes cómo proceden, presten atención. Hay una cúpula en cada partido, digamos cien, los más vivos. Siguen los mandos medios y un ejército de a pie, los patirrajados, en total digamos unos diez mil. Cuando la cúpula llega al poder reparte los puestos públicos así: los más jugosos para ellos; el resto, de escaso rédito, para los patirrajados, los diez mil. Los patirrajados empacan los votos, reparten los votos, vigilan las urnas, convencen a los vecinos, votan dos o tres veces, sacan a los muertos a votar, etcétera. Los cien marcan el rumbo y el que gana habla así: «En adelante Colombia toma para acá. Yo arriba. Fulano de ministro, perano de ministro, zutano de ministro, en premio a su lealtad». ¿A quién? ¿A Colombia? «No, a mí. Y ni sueñen, ilusos, que me van a tumbar porque ¿para qué tengo entonces al Ejército y a la Policía? De aquí no me saca el Putas y a mí no me tiembla la mano. Primero muerto, y pasan sobre de mi cadáver». ¡Qué va, ninguno se hace matar, se van al exilio a disfrutar! Y no se dice «sobre de», como en «Mi juramento» de Julio Jaramillo: se dice «sobre mi cadáver», sin «de». Cada día más brutos, más ladrones, más ignorantes. Brutos no, perdón: instalados en la realidad.

Esto por cuanto se refiere a los hombres. ¿Y la mujer? La mujer es un bicho depravado, bípedo también, que quiere ser presidenta de la República. Y multípara. ¡A ponerles el velo islámico a estas alzadas! Y a taponarlas que aquí voy volando sobre Nicaragua sumido en mi caos interior sin importarme lo ajeno, la puta realidad que hierve afuera.

—Eh ave María, ustedes los colombianos sí hablan muy bonito. Usted nació para orador.

«¡Abuelo, abuela, Elenita, levántense que vienen las brujas volando en sus escobas! Se salieron de la finca de las cojinetas al aquelarre». Y los despertábamos a los gritos. «¿Dónde están? ¿Dónde están? —preguntaba el abuelo armándose de un azadón—. Se me van a robar los marranos». «No abuelo, no son los pobres de Las Casitas los que vienen, tu pesadilla. Son las brujas de la finca de abajo de la de Avelino Peña. ¿Estás sordo, o qué?» «Brujas no hay», contestaba. «Sí, Leonidas, sí hay —le decía la abuela al incrédulo—, pero no hay que creer en ellas». «En qué quedamos, abuelita: ¿hay o no hay? ¿Y si hay, por qué no hay que creer en ellas? Yo sí creo». «Sí, niños, sí hay». «No, Raquel, no les digás eso, que no hay». «Sí, Leonidas, sí hay». «Bueno pues, Raquel, si querés que haya, que haya». La amaba. Y ella a él. «¡Claro que hay, abuelo, miralas revoloteando como murciélagos!» «¿Dónde?» «Ahí». «No veo». «Claro que no ves porque tampoco oís. No hay peor sordo que el que no quiere oír, ni peor ciego que el que no quiere ver. Ya van saliendo por el corredor trasero. Apurate que se te van, corré, agarralas». «Yo sí sentí como un aleteo, Leonidas —dijo Elenita—. ¿No serán murciélagos?» «Elenita, el que dije murciélagos fui yo. No se deje sugestionar por los parecidos. No fueron murciélagos, fueron brujas, y ya se fueron». Brujas o murciélagos, apagada la alarma general volvía todo el mundo a sus camas a retomar el sueño. El abuelo roncaba, la abuela roncaba, Elenita roncaba. Yo no. Nunca ronco. Eso es feo. No deja dormir a los demás. Y he ahí un nuevo mandamiento que se le olvidó a Cristo: «No ronques para que tu media naranja duerma». «Grrrrrrr». ¡Qué ronquidos cavernosos los de estos viejos!

Lía nos dejaba con los abuelos en las vacaciones para descansar de nosotros. «Este noviembre y diciembre ustedes se van de vacaciones a Santa Anita. Yo me quedo aquí de vacaciones sola». «Lía, vos necesitás sirvientes que mandar para que te cocinen, que te hagan, que te lleven, que te traigan. Sola no sobrevivís. Vos naciste para mandar». Así como el verbo que mejor conjuga el niño es «querer» (aunque en una sola persona de un solo tiempo: «Quiero confites, no quiero sopa»), así Lía conjugaba el verbo «mandar», pero transmutado en varios verbos, todos en imperativo: «Traeme esto, haceme lo otro, llevate esta taza, quitá ese vaso de ahí». Lía en nada fue autosuficiente. Ni en la reproducción siquiera. Para su infinidad de hijos necesitó siempre la colaboración de otro. No era partenogénica pues: era gonocorística. ¿Cuántos hijos tuviste, gonocorista, ayuntada a tu cómplice? ¿Quince? ¿Veinte? Decí, hablá, sacá cuentas. Decilos por orden de aparición, según te fueron saliendo por la vagina. ¿O fue por el útero? Anoto aquí, en mi apretada agenda: «Preguntarle a un ginecólogo en la primera ocasión que se presente».

Ahora miren lo que me pasa. Voy por una avenida atestada de gente pero no siento a la gente. Voy como por entre islas flotantes. Islas flotantes no: torres deambulantes que se van repitiendo arriba, en lo alto de la torre, en el centro de control, una y otra y otra vez, ad nauseam, el mismo disco rayado, el del empecinamiento del yo. Aparte de eso estoy bien. Como bien, duermo bien, etcétera. Psiquiatra no necesito. Por el contrario, ejercí alguna vez la psiquiatría. Pero eso no tiene que ver con Santa Anita. Me opongo al desorden. Tal vez porque nací en casa desordenada.

Mi papá tuvo un Ford, un Buick, un Packard, un Hudson, un Studebaker, un Cadillac y un Lincoln (a Kennedy lo asesinaron yendo en un Lincoln), pero no simultáneamente sino sucesivamente. Vendía uno y compraba otro, vendía el otro y compraba otro, y en todos perdía. Y con las fincas igual. Tuvo fincas en Caldas, Envigado, San Carlos, Porce y Támesis, y en todas perdió. Éramos ricos sí, pero no riquísimos. Si mi papá hubiera tenido la simultaneidad de Dios, habría salido en la revista *Forbes.* No, era sucesivo como el común de los mortales. Muy decente. No robaba. Un santo. Un bobo.

—¿Mercury no tuvo?

—Mercury no. Ni Oldsmobile.

—¿De qué año era el Studebaker?

—Si le digo el año, me calcula los años. Mediando algún siglo.

—Ah, si es de mediados de siglo es muy bonito modelo. ¿Tenía una capotita sobre el parabrisas?

—¿Y usted por qué sabe?

—Era un *Land cruiser.* Yo también sé de carros.

—Ese Studebaker pasó a manos de Darío y mías, y Medellín lo bautizó «la cama ambulante». Tenía una trompa hermosa, como para agarrarla uno a picos.

—¿Picos?

—Besos. ¿Nunca había oído el término? Yo les doy picos en el hocico a los carros bonitos y a los perros.

—¿Darío era hermano suyo?

—¡Claro! Si no, ¿por qué lo voy a mencionar aquí? Muy loquito.

Cierro los ojos y veo a Santa Anita con prístina nitidez, en su reluciente belleza. Veo, ante todo, la portada, con una placa de mármol en que está grabado el año en que la levantaron. La placa está rajada. Se la rajaron los pobres de Las

Casitas de una pedrada. Los pobres nos odian a los ricos por más bien que les hagamos. La abuela les daba de lo que producía la finca: plátanos, yucas, naranjas, toronjas, zapotes, mandarinas, huevos, cubitos de hielo de su nevera para cuando les diera fiebre a sus niños y se los pusieran en la cabeza. No agradecían. Nos rompieron la placa de una pedrada, y por más que quiero no le logro quitar la rajadura en mi recuerdo. Veo el carbonero florecido de borlas de oro, gusanos traicioneros. Veo sus naranjos de naranjas ombligonas, de cáscara gruesa. Sus altas palmas. Sus corredores florecidos de geranios y azaleas. A la izquierda, entrando, en el corredor delantero, en la pared, el bajorrelieve de la Virgen de las Mercedes tallado en madera. El pórtico central del corredor delantero con sus mecedoras. Los dos cuartos de la izquierda y los dos de la derecha que daban a ese corredor. La sala de piso de tabla. El antecomedor con los dos jardines interiores florecidos de bugambilias rojas, amarillas, anaranjadas, azules. El comedor. El reloj del comedor coronado de un caballito de mármol blanco. San Antonio de Padua. La alacena. La cocina. El corredor de atrás con sus cuartos. El camino de escalones empedrados que llevaba a la gruta de la Virgen. El platanal. El cafetal. El Alto. El Bosque. Todo lo veo, con una nitidez que ustedes no me van a creer. La montaña de atrás, espada de Damocles. Los gallinazos planeando como virtuosos del vuelo, con sus alas extendidas y sin gastar calorías ni hacer el menor esfuerzo, montados en las corrientes de aire, sus planeadores, dueños negros del cielo azul. Los globos de papel de china a la deriva en las negras noches de diciembre con las candilejas encendidas, sus corazones. Y palpita ahora el mío al unísono con los de ellos.

La sala y los cuartos con pisos de tabla; el resto, de baldosas rojas. ¿Quieren pasar a la sala y que les muestre la casa? Mejor no, será otro día, cuando nos conozcamos mejor. Era todo un privilegio para los pobres de Las Casitas entrar a Santa Anita. «Abuela, ahí vienen los de Las Casitas, a pedir». La querían. «Gracias, doña Raquelita, que Dios le pague». Yo, en mi larga vida, ni una sola vez, pero ni una es ni una, he visto que Dios pague. Dios es como los gobernantes del PRI de México que creen que se lo merecen todo y que para ellos todo es gratis. Nada da Dios pero todo el tiempo tenemos que estar agradeciéndole.

Dos cuartos con sus closets en el corredor delantero a la izquierda, otros dos a la derecha. El primero de la izquierda, el de los abuelos; el segundo, el nuestro. El segundo de la derecha, de Elenita; el primero, nuestro también.

—¿Y en solo dos cuartos acomodaban esa cantidad de niños?

—Y las pulgas.

Como los pisos de los cuartos eran de madera y en Santa Anita nunca faltaron perros, estaban llenos de pulgas. De día las veía uno saltar como maromeros en un circo. De noche no se veían pero picaban, desangraban. Pican aquí, pican allá, en un pie, en una pierna, en una nalga. ¿Fue una sola, o eran varias? ¿Y quién las agarra tanteando en la oscuridad? Uno aprendía a agarrarlas y a matarlas a oscuras. Las dejábamos que picaran, y con el índice y el pulgar mojados de saliva para que no se nos fueran a escapar las apresábamos y nos las llevábamos a los dientes y ¡tas!, las triturábamos y explotaban como bolas de sangre del tamaño de unas canicas. Se nos chorreaba nuestra propia sangre por las comisuras de los labios.

—¡Uf, qué asco!

—Más vale asco pasajero que picaduras continuas toda una noche, dejándose uno desangrar por esa plaga que no sé qué pecado cometimos para que nos la mandara Dios. Donde uno suelte una pulga que agarró, ¿cómo la vuelve a agarrar en la oscuridad bajo una sábana?

—¿Y los papás dónde dormían, si solo había cuatro cuartos?

—Es que también había cuartos atrás. Todavía no le he acabado de mostrar la casa. Santa Anita era un caserón.

—Pero infestado de plagas.

—La felicidad se paga. A mí que no me vengan los irlandeses con sus infancias desgraciadas que en todas partes se cuecen habas.

Me vuelve ahora, de solo recordar esas pulgas, una comezón espantosa en el cuerpo. ¿Por qué las haría Dios? Designios inescrutables del Altísimo.

Las culebras, en cambio, eran rutilantes, hermosas. Serpenteos de visos metálicos que le devolvían como espejos sus rayos al sol. Abuela, Raquel Pizano, Raquelita, que fuiste inocente y pura: ¿por qué matabas con un palo a las culebras, si vos querías tanto a los animales? A los perros, a las gallinas, a los marranos, a las vacas... ¿Y cómo le hiciste para tener hijos sin mancillar tu pureza? Te quito por diez minutos mi amor, vieja mataculebras.

Observación sobre los tiempos del verbo. Lo que en pretérito fue pura acción —destruimos, tumbamos, talamos, quemamos— en imperfecto se diluye en costumbre: destruíamos, tumbábamos, talábamos, quemábamos. En imperfecto la acción pierde fuerza, a nadie le importa la costumbre. Propongo suprimir el imperfecto del relato. Y sacar a Dios de la religión, que Dios es un monstruo inexistente y la religión un negocio de curas. En cuanto a las veintidós academias de este desastre que llaman idioma (presididas por los zánganos reales de la española), ni rajan ni prestan el hacha, ni hacen ni dejan hacer. No más financiamiento a congresos de estos haraganes. Que no viajen. Que se levanten de sus culos y se vayan a sus casas. Que se queden en las parcelitas estrechas de sus estrechas almas.

¿Por qué los pobres de Las Casitas no se metían a Santa Anita por los alambrados de púas a robarnos los zapotes, los mangos, las toronjas, las ombligonas? ¿Por amor a mi abuela y respeto a nosotros? Permítanme que me ría. Por no trabajar. Para no tener que cortar los frutos de los árboles ajenos y empacarlos en costales propios. ¡Para qué, si doña Raquelita se los daba ya cortados y empacados en costales de ella! La abuela era caritativa, boba. «Abuela, no les volvás a dar nada a esos negros de Las Casitas que ellos fueron los que te rajaron el mármol de la portada de una pedrada». «No les digan así tan feo a los pobrecitos, no les digan negros». Tenés razón, abuela, no eran negros, eran zambos. Zambos zánganos.

La finca que les dije que tuvo mi papá en Támesis se llamaba «La Cascada», por una de siete caídas que tenía (cuatro más que las de Cristo), o que tiene pues aún debe de estar ahí ese chorro de agua inmenso ya que un Niágara de éstos no se lo roba nadie. Pues los pobres de La Mesa (nuestros equivalentes en Támesis a los pobres de Las Casitas de Santa Anita), con cincel y pintura indeleble le modificaron el letrero y le pusieron «La Cagada». ¡Cómo no voy a querer yo a los pobres! Les voy a dejar mi herencia y si alcanzo en vida les hago la revolución para que se sienten en sus culos día y noche a ver fútbol. Porque ellos solos no la van a hacer. Damnificados y desempleados y mendigos, son la horda del «deme y deme», las bocas y culos de nunca parar. Viven en día de fiesta, sentados en sus traseros viendo lo que dije y bebiendo eso que producen las Rentas Departamentales de Antioquia para sostener a los maestros: agua ardiente, aguardiente. Y sus mujeres copulando y pariendo, conchabadas con ellos.

Despertados por las pulgas entrábamos en la alta noche al cuarto de la abuela y del abuelo. «Grrrrrr... Grrrrrr...»

Roncando, roncando. «¡Uf, qué asco! —decíamos—. Este cuarto huele a pedos». Esa finca estaba infestada de ventrílocuos del culo. Y volvíamos a salir y a acostarnos.

Cuando no podíamos dormir de tantas pulgas, salíamos a los patios interiores del antecomedor a sacudírnoslas de las pijamas: iban cayendo por el interior de los pantalones sobre los pies. Nos sacudíamos los pies y nos íbamos corriendo rápido de ahí para que no se nos volvieran a subir. Así, por el sacudimiento nocturno de las pulgas, descubrimos un misterio que hasta hoy no se ha resuelto. Rezábamos el rosario a las seis, y la abuela se acostaba a las siete. A las cuatro de la mañana se levantaba. «¿A qué, abuelita? ¿Por qué te levantás tan temprano?» «Al trajín». El trajín era el dele y dele, «el boleo». A darles de comer a los marranos, a darles de comer a las gallinas, a picarles tallos de plátano a las vacas, a moler el maíz de las arepas, a asar las arepas... Una noche la «pistiamos», que quiere decir «espiamos». A las cuatro, en efecto, se levantó y se fue a la cocina. A las cuatro y media llegó una mujer huesuda, encorvada, desdentada, peluda, piojosa, enmarañada, con un costal vacío. «Buenos días doña Raquelita, ¿cómo amaneció?», saludaba. «Yo bien, ¿y usted, Alejandrina?» «Con estos dolores...» Le dolía aquí, le dolía allá, le dolía más allá. Tenía los tobillos hinchados, las quijadas desencajadas, las rodillas desajustadas. Fumaba, tosía, fumaba, tosía. Fumaba cuscas de cigarro. Todas babeadas. «Abra pues su costal, Alejandrina, que aquí le voy a dar», decía la abuela. Ella abría el costal y la abuela le iba echando: panela, frijoles, papas, plátanos, yucas, naranjas. «Le voy a poner también unas arracachas». Y le echaba en el costal las arracachas (unos tubérculos blancos que se le pueden agregar al sancocho aunque yo prefiero que no). «¿Quiere también carnita?», le preguntaba la abuela. «Bueno, doña Raquelita, si usted me quiere dar...» La bruja era carnívora. «Aquí le echo también esta bolsita con azúcar y esta otra con sal», le decía la abuela y le cerraba el costal con una pita para que Alejandrina no tuviera que cerrarla ni trabajar. ¿Le daba sal la abuela a esa vieja? Muy sospechoso. ¿No dizque las brujas se pasan unas a otras la sal? Y por donde había llegado, bajando de El Alto, del cafetal, del platanal y de la gruta de la Virgen (no por la portada o entrada principal), se iba Alejandrina deshaciendo sus pasos como un muerto que volvió del Más Allá a jalarles las patas, mientras duermen, a los vivos.

«Ovidio: Vos qué creés. Si una vieja le pasa a una bruja la sal, ¿la vieja también es bruja?» «No existen las brujas». «Sí existen, Ovidio, pero no hay que creer en ellas». «No existen y punto. Hay cosas que no existen pero que las inventamos, como Dios». «¿Tampoco Dios existe, Ovidio?» «Sí existe, pero en la mente de los pendejos». «Vea pues...»

¡Ah, cómo sufrimos con la sospecha de que la abuela era bruja! Y si la abuela era bruja, Elenita también. «Claro, de eso no nos quepa la menor duda». Y la sombra de esa duda más las pulgas no nos dejaba dormir. A las cuatro la abuela se levantaba. A las cuatro y un minuto nos levantábamos nosotros y la seguíamos elásticos, como gatos. ¡Qué frío! ¡Qué ventarrón el que se soltaba entre los patios del antecomedor! De esos madrugones helados me quedó una afección del pulmón que todavía no se me quita. No muy grande, pero ahí está, me va a matar. Y a las cuatro y media en punto surgía de la oscuridad Alejandrina y entraba en el haz de luz del foco de la cocina. «Buenos días, doña Raquelita, ¿cómo amaneció?» «Yo bien, ¿y usted, Alejandrina?» «Mejorcita, doña Raquelita. Me duele un poco menos la rodilla». «Dios sí es muy grande, Alejandrina». «¡Cómo que Dios es muy grande, abuela! Si fuera tan grande no le habría dado a Alejandrina el dolor en la rodilla. ¿Se te hace mucha grandeza quitarle un dolor que Él mismo le dio?» La abuela no contestaba preguntas necias. «Abuela, ¿a qué te levantás todos los días a las cuatro de la madrugada, en plena oscuridad?» «Al trajín». «¿Y todo el tiempo sola, no ves a nadie, no conversás con nadie?» «No». «¿Seguro?» «No». «¿No estás segura, o sí?» «Sí». «Entonces el sí tuyo es un no. ¿A quién ves, abuelita? Confesá». «A nadie».

Cuando Ovidio estaba en Santa Anita (porque él no vivía permanentemente ahí porque estudiaba en el Colegio de La Salle en Medellín, el de los Hermanos Cristianos que eran maricas), le preguntábamos si creía que la abuela, o sea su mamá, podía mentir. «No. Raquelita no miente». Él le decía a su mamá en «ita». Nosotros a Lía no, simplemente «Lía», sin el «ita». Lía no daba para «ita».

Paréntesis corto para proseguir de inmediato nuestra conversación con Ovidio. La abuela tuvo una sirvienta vieja y coja, igual de destartalada que Alejandrina y que se llamaba Paulina y muy sucia: se lavaba las patas en la olla en que la abuela hacía el sancocho. Una noche, como a las diez, trajeron a Paulina en una camilla varias almas caritativas alumbrándose con linternas. Que el camión de escalera en que venía de regreso a Santa Anita se había volcado saliendo de Envigado y había ido a dar a un hueco, al llanito de la izquierda al lado de la carretera, un pantanero, y de ahí de entre los cadáveres y los heridos la habían sacado los que la traían, y ahora se la devolvían a doña Raquelita, su dueña. La acostamos en una estera en la cocina porque se acabaría de desbaratar si la subíamos a su cama en su cuarto, le pusimos paños de agua caliente con yerbas y sal y ahí la dejamos hasta que amaneciera, en manos de Dios. Amaneció y le fuimos a dar vuelta. «¿Cómo amaneció, Paulina?», entramos preguntando a la cocina. ¡Cuál Paulina! Había desaparecido. Cogió escoba y se fue cabalgando en los vientos por sobre el mar hasta España, al País Vasco, a Guipúzcoa, al aquelarre, al Valle del Cabrón y hasta el sol de hoy. Paulina no se había desbarrancado en un camión, no la habían traído unas almas buenas en camilla, no la habíamos acostado en una estera en la cocina. Los que la trajeron eran ánimas del purgatorio y la escena, toda, había sido una alucinación colectiva. Paulina se cayó, sí, pero yendo para Envigado, no viniendo, y por su culpa, no por la de un chofer de ningún camión: porque por distraída soltó la escoba, cayó sobre una piedra enorme, prehistórica, y se descoyuntó en la caída. Volvió a Santa Anita sigilosamente, caminando, escondiéndose en las sombras, y en el curso de la noche desapareció. Y ahora sí, vuelvo a Ovidio.

«Ovidio: ¿vos no creés que si Paulina era bruja, también es bruja Alejandrina porque las dos terminan en "ina"?» «No hay brujas». «Sí hay. Limitate a contestar lo que te estamos preguntando. ¿Creés o no creés?» «No creo». «Pero vamos a suponer, Ovidio, que las dos son brujas. Como Raquel no termina en "ina" ni Elenita tampoco, entonces la abuela y Elenita no pueden ser brujas». «A lo mejor —dijo Ovidio—. Yo estoy por creer que sí hay brujas. Si ustedes lo dicen con tanta convicción...». «¡Claro, Ovidio! Te lo decimos porque el otro día las vimos pasar volando, por el antecomedor y el comedor y el corredor trasero y luego hacia El Alto, hacia arriba. ¡Zuaaaaaas! Iban como unas saetas, y luego se remontaron a la región». «¿A cuál región?» «Pues a la de ellas, Ovidio, ¿vos es que sos bobo, o qué?»

Ayer saqué de Internet un muerto: Rino Maione, italiano que pasó por Medellín *in illo tempore* y allí fue mi profesor de armonía. Muy malo. Me ponía todo el tiempo a buscar quintas y octavas paralelas. «Vaya y búsqueselas, don Rino, don Maiale, a Debussy, que me voy». «No soy "Maiale", soy "Maione". Maiale en italiano es marrano». Que dizque murió hace un mes. ¡Ni sabía que estaba vivo! Corrí a ponerlo en la *Libreta de los muertos.* Pocos más le debo al Internet, unos diez. El Internet es un basurero de vivos y de muertos, pero ahí no están los míos. Para engrosar mi libreta voy a los asilos de ancianos a conocer los más que pueda, para volver, con pastelitos y confites, a pasarles revista al mes. «¿Ya murió don Luchito Mesa? ¿Todavía no? ¡Ah, qué bueno!» Mentiras. ¡Qué tristeza! Vivo que muere, muerto que no sufre. La vida es empecinada y dolorosa. Se aferra a las breñas y florece en las solfataras marinas. Es una máquina imparable que una vez que se echa a andar quiere seguir andando. Produce hermosuras y engendros. Una hermosura, mi perra Bruja. Un engendro, la niña Malala, la paquistaní, una vagina protagónica. Apenas si empezó a menstruar y ya no piensa sino en hacerse ver, en figurar. La vaginita le arde en ansias de figuración y fama. Se hizo pegar un tiro de los talibanes y de ahí arrancó. Imita a los adultos. Como el tiranito de Corea del Norte, cada día que pasa está más alzada. Se maduró antes de tiempo. El otro día la vi por televisión perorando. Ya gesticula, está aprendiendo. Mueve el índice así: tatatatatá, remarcando, como un pene tembloroso, tieso. Hagan de cuenta una Ingrid Betancourt en chiquita, la mujer más odiada de Colombia.

—¿Y el hombre quién es?

—Una flatulencia, una deposición, un eructo, un escupitajo verde o gargajo de apellido Ordóñez.

Y Sarkozy con su culo electrizado. Y el presidente Santos que habla moviendo los brazos hacia adelante como empujando la roca de Sísifo. Más estúpido que Octavio Paz, la vaca que más ce, el ombligo de Cristo.

—Cristo no tuvo ombligo. Era bípedo implume como nosotros, pero nació desombligado. La paloma que fecundó a su mamá lo hizo como un rayo de luz que pasó por un cristal sin romperlo ni mancharlo. De suerte que si no hubo fecundación no hubo cordón umbilical; y si no hubo cordón umbilical no hubo ombligo.

—¿Quién está hablando, usted o yo?

—Usted.

—Ah, bueno pues.

El ombligo es lo más feo del hombre junto con el dedo gordo del pie. ¡Cómo va a ser bonito un dedo que se llama «gordo»! Feo ese dedo, feos los otros, los cinco de un pie, los cinco del otro. Fea la planta del pie. Todo el pie. El ser humano es feo. Le salen pelos en las narices, pelos en las orejas, pelos en el pubis, pelos en los sobacos, pelos en el antifonario. Y Cristo, al que en mala hora mandó su papá a redimir el género humano encarnándolo en uno de éstos, feo también. Ni se bañaba ni se afeitaba porque entonces no había dónde ni con qué. Una sola vez se metió nuestro doliente *Ecce Homo* en el Jordán, hasta la cintura, y se puso a cantar la canción «María Cristina me quiere gobernar, y yo le sigo, le sigo la corriente...». De barba negra espesa, parecía un talibán. ¡Pobre María Magdalena besando semejante pelero! Y durante los tres días que estuvo enterrado muerto en el Santo Sepulcro le siguieron creciendo las uñas de las manos y las de los pies. «¿O no, Ovidio?» «¡Claro! El otro día sacaron de su ataúd a un muerto en el Cementerio de San Pedro para pasarlo a un osario, y tenía las uñas de los pies de medio metro de largo. Se las tuvieron que cortar con unas tijeras de jardín». «Contanos otra vez, Ovidio, el hundimiento del *Bismarck*». Y en el cuartico de las viejas en pelota del jardín interior derecho (a babor) desde donde comandaba el barco, bajo la luz de un foco de los de antes, de los de Edison, empezaba nuestro tío tutor, nuestro capitán de corbeta, su relato alucinado de cómo la *Royal Navy* británica echó a pique al acorazado orgullo de los nazis. La persecución del

Bismarck duró tres días con sus noches. El relato de Ovidio duraba seis noches.

«Raquel, llegaron —dijo Elenita entre angustiada y resignada—. Vienen con dos remolques».

De los dos *destroyers* o remolques que acompañaban al *Prince of Wales* bajamos como relámpagos, y antes de que los sorprendidos defensores pudieran reaccionar nos les tomamos el bastión de Santa Anita en una *Blitzkrieg*. No alcanzaron a articular en su sorpresa más que dos escasas palabras: «Raquel, llegaron», que querrían decir «¡Agua va!», o mejor dicho «¡Agua viene!» Se hablaban en mensajes encriptados, cifrados, con códigos secretos. Lía bajó del barco con un bebé relleno de pólvora. Si daba un traspié y se le caía al bajar, explotaba y volaba a Santa Anita.

«Con las calderas agujereadas, el puente de mando roto y la santabárbara del pañol de los pertrechos a punto de explotar, todo averiado, trataba el *Bismarck* de llegar a Saint-Nazaire a que lo repararan. No alcanzó a llegar». Y durante las seis noches, que valían por las mil y una de Sherezada, nos iba haciendo Ovidio el pormenorizado recuento de la batalla y la subsiguiente persecución en que acorazados, cruceros, destructores y torpederos de la *Royal Navy* de Inglaterra, la pérfida Albión, apoyados por portaaviones desde donde despegaban los temibles cazas *Fairey Fulmar* alcanzaban al *Bismarck* que huía tratando de adentrarse en las aguas abiertas del Atlántico Norte y tendiendo cortinas de humo para escapárseles. De nada servían. Con el radar lo localizaban. Y viniéndosele la *Royal Navy* entera como montoneros, en manada, lo acorralaban, le disparaban sus obuses y torpedos a quemarropa y hundían por fin al pobrecito que lo único que quería al final era llegar, así fuera en tan lamentable estado y a dos o tres míseros nudos por hora, jadeando, a que lo atendieran y repararan en los hospitales de Saint-Nazaire. «¿Qué es a quemarropa, Ovidio?» «Muy cerquita, a dos kilómetros». «¿Vos llamás muy cerquita dos kilómetros? Son veinticuatro cuadras. Casi como de aquí a Envigado». «Dos kilómetros en una batalla naval son nada: los navíos enfrentados se disparan a quince, veinte kilómetros». «¡Como tres veces de aquí a Medellín! Eh ave María, eso sí es una distancia muy grande. Tienen que tener muy buena puntería, ¿o no?» «De cien obuses o torpedos disparados daban en el blanco dos». «¿Dos apenas?» «Sí, pero si uno de los dos le daba en la santabárbara, el barco explotaba porque ahí iban los explosivos, los pertrechos, la pólvora y la cordita». «¿Qué es cordita, Ovidio?» «Nitroglicerina, algodón, pólvora y acetona, una mezcla muy explosiva que acaba hasta con el nido de la perra».

Y en la poceta del corredor trasero, no bien el sol despedía sus primeros rayos, fresquecitos, escenificábamos la batalla del *Bismarck* contra la flota inglesa con barquitos hechos con tablitas, tarros, latas... Tendían también ellos sus cortinas de humo y los volábamos con pólvora de la que hacíamos las papeletas de diciembre y los pedos químicos. ¡Pum! ¡Pum! ¡Pum! Humo, sacudimientos, hundimientos, detonaciones, explosiones, conmociones, ayes de dolor, gritos de auxilio, lamentos, ¡una tremebunda naumaquia! «Van a volar la finca, niños, ¡no sigan más con eso, que parece pólvora! Claro, como Lía no les prohíbe nada, ella en su nube». No es que pareciera pólvora, Elenita: es que era pólvora. Se hundía el Hood, se hundía el Suffolk, se hundía el Norfolk, se hundía el Prinz Eugen de los nazis. «¡Al Príncipe de Gales le vamos a dar por el culo, en la santabárbara!» «Boquisucios, groseros, le voy a contar a Aníbal para que los pele». «Pelar» no era pelar sino «pegar», y Aníbal mi papá. Lo pusieron así por mi hermano. Ah no, fue al revés. Mi papá nació primero y mi hermano después.

Cazas *Fairey Fulmar,* torpederos *Fairey Swordfish,* operación *Rheinübung,* el *Oberkommando der Wehrmacht,* la *Blitzkrieg,* nuestras *Panzertrupper,* nuestra *Kriegsmarine,* nuestra *Luftwaffe,* el crucero de batalla HMS Hood, nuestros *Stukas.* «¿Qué quiere decir HMS, Ovidio?» «Hombres, mujeres y soldados». «¿Cómo es que se llamaba, Ovidio, el jefe de los alemanes?» «Hitler». «¿Y el de los ingleses?» «Winston Churchill». «¿Y el de los rusos?» «Stalin». «¿Y el de los Estados Unidos, el paralítico, el del ano?» «Franklin Delano Roosevelt». «¿Y qué es un *cacorro*?» «*Cacorro* no: *cachorro:* los animales recién nacidos, pequeñitos, como por ejemplo un cachorro de perro, un cachorro de lobo, un cachorro de león». «Y los Hermanos Cristianos del Colegio de La Salle donde vos estudiás, ¿son cachorros de qué?» No contestaba. Cuando las personas mayores no saben disimulan, se hacen los bobos. Y sin contestar la pregunta, volvía Ovidio a los *Stukas,* al ataque.

«Ya sé lo que voy a ser cuando sea grande: estratega». Y de la poceta nos íbamos a un túmulo de piedras que había cerca al carbonero a escenificar la batalla de los *Panzers.* «Yo soy Stalin». «Yo soy Hitler». «Yo soy Winston y vos el paralítico del ano». «Yo no estoy paralítico ni tengo ningún ano». «Entonces no participás en la batalla».

Tan pobres seríamos que ni soldaditos de plomo teníamos. Jugábamos con piedras. La piedrita tal es Hitler, la piedrita tal es Stalin, y así. Pero éramos felices. Un rayito de luz surgido de nuestras imaginaciones desbordadas iluminaba nuestras infancias irlandesas, desgraciadas. Por lo demás los soldaditos de plomo eran de las guerras de antes, napoleónicas, de enfrentamientos entre infanterías, tan inocentes, tan bobos, y nosotros éramos de la era de los tanques, los acorazados, los portaaviones, los radares... «Tic, tic, tic, tic». «Traduzca, señorita, ¿qué dice?» «Que el *Bis-*

marck se está adentrando en aguas abiertas del Atlántico Norte». «¡A romperle la santabárbara!» Soñábamos con la guerra total, la destrucción absoluta, el hundimiento del planeta. «¿Para qué, niños?», preguntaba Elenita. «Para que dejés de llorar por Alfredito y se acabe tu dolor». Nada decía, pero pensaba: «Si no estoy llorando por Alfredito, es por Roberto». Le leíamos el pensamiento. «Cuando crezca, Elenita, voy a ser riquísimo y te voy a hacer un pesebre de cuatro cuartos, el doble de los que te hacía Alfredito. Con trenes eléctricos que suben y bajan por las montañas y *Panzers.* Y en vez de Reyes Magos te vamos a poner en la pesebrerita de tu Niñito a Hitler, a Stalin y a Pol Pot». Pol Pot todavía no existía pero no importa. Uno igual.

—Muy culto su tío Ovidio.

—Cultísimo. Leía las *Selecciones del Reader's Digest.*

Y mi papá también muy culto, sabía latín. Humilde sin embargo en el fondo de su alma, como una vaca de carretera, había puesto en mí todas sus esperanzas. Él quería que yo fuera alguien. Yo quería que fuera él. Nos chutábamos la pelota de la ambición.

Octavio Paz ya murió y ya lo puse en mi *Libreta de los muertos.* ¡Cuánto orgullo, cuánta soberbia la de la vaca que más ce! La Muerte corta la realidad de un tajo y desaparecen este Universo y los que pueda haber. De viejo, por meterme a estudiar cosmología, el otro día casi me traga un agujero negro: en el fondo del agujero, todo retorcido el pobre, conectado a unos aparatos como los del doctor Frankenstein, me esperaba Hawking. «Ovidio, ¿qué es un agujero negro?» «Será el culo». ¡Qué iba a saber Ovidio de agujeros negros ni de la edad del Universo! Desde aquí te digo, Ovidio, que la edad del Universo son dieciséis mil millones de años. Esto por lo que se refiere al nuestro. De los otros sabrá Dios.

El abuelo era un zorro. Volvía un cliente con unos zapatos nuevos que él le había vendido la víspera: «Don Leonidas, estos zapatos me quedan estrechos. ¿No me los podría poner en una de esas hormas suyas para que se ensanchen?» «Vuelva dentro de tres días». A los tres días volvía el cliente y el abuelo le devolvía los zapatos intactos, sin habérselos puesto en ninguna horma, y se los hacía probar delante de él. «¿Cómo le quedaron? —preguntaba el zorro—. ¿Más anchitos?» «Sí, don Leonidas», contestaba el cliente no muy convencido, pero se iba. El que compre zapatos estrechos que se joda. Yo me los compro de dos tallas más grandes y camino como Charles Chaplin.

¿Era deshonesto el abuelo? En lo absoluto. La deshonesta era Colombia. Mandaba él, por ejemplo, una carga de zapatos de Barranca a Medellín por tren, pero como en ese país incierto todo se lo roban, en un viaje él solo mandaba los derechos y en el siguiente los izquierdos. ¿Quién se roba una carga de zapatos nones? Un día se presentó en su almacén de Barranca un señor con un zapato izquierdo: «Don Leonidas, ¿no me podría hacer el derecho, que se me perdió?» «Se lo hago, sí, pero le vale lo mismo que el parcito». ¡Ah, cómo sufrió el pobre para conseguir unos pesos! Ya al final, con el pie en el estribo del caballo de la Muerte en que se montó Cervantes, logró vender el almacén de zapatos y regresó a Santa Anita a vivir feliz sus últimos años: a hacer el «cinco y seis», a fumar cigarrillos Victoria, a criar unos marranos, a pelear con los nietos, a sentir soplando el viento de corredor a corredor mientras el tic-tac del reloj del caballito le iba diciendo: «Ya Leonidas, ya Leonidas, ya Leonidas, se nos está acabando la cuerda». ¿Qué más puede querer un cristiano?

—¿Lo quería usted mucho?

—Mucho.

Cuando murió yo estaba en Roma estudiando cine, soñando con meter a Colombia entera en una película. No me la dejaron filmar, no me la dejaron meter. Te jodiste, Colombia, la gran película que te iba a perpetuar en los anales del género humano nunca fue. Que no me la dejaban hacer porque era una película de decapitados a machete. ¡Ah! En cine no permitís, Colombia, que muestren tus decapitados a machete porque te manchan la imagen y la pantalla. ¿Y en la realidad qué? Mala madre nacida de la mala España, cuidas tu imagen y matas a tus hijos.

Salí del Consulado colombiano (sito en el segundo piso de la Via Pisanelli 4, no se me olvida), un día de una mañana soleada, eufórico, radiante, con un abultado paquete de cartas de mi casa, y en un muro de la *Piazza del Popolo* me senté a leerlas. Solían escribirme una vez por mes, y solo una carta, de mi papá, dándome noticias de lo uno y de lo otro: que Manuelito estaba bien, que Joaquincito estaba bien, que Marianito estaba bien, que Darío también, que Aníbal también, que Silvio también, etcétera. ¿Por qué no me decía telegráficamente «Todos bien»? Aprovecharía, digo yo, la carta para repasar la lista de sus hijos y que no se le olvidaran como a Lía. En fin, ¿por qué me escribían ahora todos ese paquetón de cartas? En un principio no sabía de qué me estaban hablando, qué me estaban tratando de contar. Después fui entendiendo y el día soleado se nubló y se me rajó, para siempre, el alma: me estaban dando la noticia de la muerte del abuelo. Hasta entonces había vivido como un atolondrado sin pensar que él se podía morir, convencido de que la vida era eterna: la suya, la mía, la de todos. Y no. En prueba mi *Libreta de los muertos,* que no empecé, por lo demás, con él esa mañana en Roma. La empecé muchos años después en México, cuando iba por los quinientos, con uno de la pe, la vaca de la ce. ¡Cuánto me han costado varios de estos muertos, sacándolos como con tirabuzón del fondo de mi desmemoria! ¿Cómo es que se llamaba el señor que vivía en la finca que estaba cerca a la carrilera emparentado con unos viejitos que habían venido a Medellín de dónde? Iba atando olvidos a olvidos hasta que por fin encontraba de donde agarrarme para jalar la pita y no caer en el abismo del Alzheimer: «¡De San Roque, güevón, de ahí vinieron!» Claro, de San Roque donde nació Lía que tenía un tío que se llamaba Gabriel como la finca cercana a la carrilera «San Gabriel», así bautizada por el santo del dueño: Gabriel Herrera. «Gabriel Herrera, Gabriel Herrera, Gabriel Herrera, que no se me olvide». Y corro a la libreta y la abro y voy a la hache, y en el punto que le corresponde al mencionado muerto en esa letra estúpida pongo con una felicidad indecible «Herrera Gabriel». ¡Qué alivio! Para mí y para él. Puesto en mi libreta, don Gabriel Herrera puede descansar por los siglos de los siglos en la paz del Altísimo.

Las diez palomas que le dio el abuelo al alcalde de Envigado en pago por las dos que le mató con su Hudson regresaron de inmediato *motu proprio* a Santa Anita porque eran mensajeras. Llorando sentado en la *Piazza del Popolo* recordé la fidelidad de esas palomas y me eché a reír.

Lía se hacía la loca pero no, era mala. Mala con ganas. Mató a Elenita.

—¡Cómo! ¿Otro asesino en su casa? ¿Su mamá?

—¿Por qué se asombra? ¿Acaso en lo que va corrido del universo mundo ha sido la única madre asesina? Además, tuvo veinte hijos y solo mató a una tía: le quedaron de saldo positivo, en las cuentas de Dios, diecinueve justos. Por eso ahora está en el cielo.

—Cuente, que me tiene en ascuas.

—Déjeme primero elevar un par de globos y quemar un par de casas y entonces le cuento. ¿Sabe qué son los globos?

—No.

Aerostatos no tripulados hechos de papel de china, unos drones, pero voluntariosos: caían donde se les daba la gana. De ocho, de dieciséis, de treinta y dos, de sesenta y cuatro, de ciento veintiocho pliegos y hasta de más, que se cortaban en cuadrados y triángulos que se pegaban con engrudo para formar rombos a los que se les ponía abajo una armazón de alambres o candileja que sostenía una bola de trapos viejos remojada en petróleo que al prenderla uno con un fósforo los iba inflando de humo hasta que empezaran a tirar y entonces los que los sostenían de las puntas (niños y viejos, altos y bajitos, gordos y flacos, padres e hijos, nietos y abuelos, primos y primas, novios y novias, de pie o montados en taburetes) soltaban y el oficiante que encendía el globo abajo arrodillado, el privilegiado, yo, me iba levantando de a poquito y lo iba llevando a terreno despejado (a la explanada donde estacionábamos los carros, no se me fuera a enredar en las palmas), y dándole un cariñoso empujón de despedida lo mandaba rumbo al cielo de Dios. Horas después caía mi globo en la tierra de los hombres y les quemaba hasta el nido de la perra: potreros, pesebreras, casas. Cuando aterrizaban sobre los tendidos eléctricos provocaban unos cortocircuitos de padre y señor mío, de puta madre como dicen en México. Las chispas locas volaban a hacer de las suyas y en una ocasión le incendiaron al Señor una iglesita. ¡Qué delirio, qué quemas, qué emoción! Cierren los ojos y vean. No hay espectáculo más hermoso que un globo haciendo estragos. Los fabricábamos por centenares, por millares: rojos, azules, verdes, blancos, amarillos, policromos...

—¿Cuándo se elevan allá los globos?

—Se elevaban. En diciembre, el mes del Señor.

Las casas, de paredes de tapia (que es materia combustible y comburente), ardían de lo más lindo, en especial en la noche. «¡Corran que se quemó la finca de Los Locos!» «¡Dónde, por Dios, que no veo!» «¡Allá, güevón, mirá, pasando el cementerio y frente a la carnicería La Blanca donde acuchillaron el otro día al viejito!» No nos cambiábamos por nadie. Hagan de cuenta papa estrenando tiara o un pobre viendo chupar paletas. Nos palpitaba el corazón. «Gracias Aníbal y Lía por habernos traído a este mundo maravilloso donde el que respira goza». ¿Cuántas casas habremos quemado con nuestros globos decembrinos? ¿Cinco? ¿Cuatro? ¿Tres siquiera? Sabrá Dios que nos llevaba desde arriba la cuenta.

Ahora bien, si algunos globos hacían de las suyas al caer, otros se comportaban como personas decentes: iban bajando despacito con las candilejas moribundas, apagándose, y los alcanzaban a coger los chinches antes de que se incendiaran: les ponían candilejas nuevas y los volvían a elevar para que en su segunda vuelta pudieran quemar, que es la razón de ser de un globo. Si la razón de Dios es existir, la de un globo es subir, brillar, caer, quemar. De no poder quemar se sienten mal, de psiquiatra. «¿Ya mordió la Bruja?», me preguntaban los niños del parque México viéndome pasear con mi amada perra gran danés. «Todavía no, pero ya casi, niños». «¡Ay, qué miedo, vámonos!»

Para la remota probabilidad (y que Dios no lo quisiera) de que los globos nuestros no quemaran bienes ajenos y propiedades, les colgábamos de la candileja un alambrito con la siguiente leyenda: «El que agarre este globo es un hijueputa». ¿Habrá mayor felicidad sobre la Tierra?

Sí la hay. Voy a hablarles de una noche de felicidad absoluta. Estamos en el cuarto del garaje donde montamos el sainete de la Muerte dientona, con los murciélagos, las brujas y las ánimas revoloteando afuera, pugnando por entrar a ponerse de ruana nuestra fiesta, y nosotros adentro cantando:

«María Cristina me quiere gobernar y yo le sigo, le sigo la corriente, porque no quiero que diga la gente, que María Cristina me quiere gobernar. Tírate en el agua. ¿Yo? ¿Bañarme? No, no, no, no, que no que no, que no que no. No. María Cristina me quiere gobernar...». Ovidio y nosotros cantando y el abuelo siguiendo la tonada en su dulzaina. «¡Qué gracia es tocar dulzaina, abuelo! Tu vecino de enfrente toca en hojas de naranjo».

En la *Piazza del Popolo,* llorando por él, le recordé al abuelo que si él tocaba «María Cristina» en una dulzaina, su vecino Alfonso Mejía el bueno, el que jamás dijo una mala palabra, tocaba el «Ciribiribín» en una hoja de naranjo. ¡Qué noche de felicidad rabiosa en el cuarto de ese garaje! Vale por veinte muertos de mi libreta.

—¿Pero qué tenía de especial esa noche?

—La palpitación del instante.

No hay mejor antídoto contra la infelicidad que no conocer la dicha. Si usted le da a un perro delicatessen, después no va a querer comer concentrado. Lista de los perros de mi vida sin contar los Capitanes y Catusas de mi abuela: Argita amada, Brujita amada, Kimcita amada, Quinita amada, Brusquita amada. Solo comieron exquisiteces y solo conocieron la dicha. Mientras los tuve viví para que fueran felices. Pero un perro es un perro y un hombre es un hombre. Cuarto y último mandamiento mío: «Educa a tus hijos para la infelicidad y la muerte y así no se llevarán sorpresas». Ah no, perdón, este mandamiento sobra, está incluido en el segundo: «No te reproduzcas».

—¿Y los dos restantes?

—Ya los dije en Guadalajara y yo nunca me repito.

Propagadores de su especie, irresponsables, felices, Aníbal y Lía fabricaron en total veintidós hijos. Cuando iban por los quince Pío XII les mandó un diploma de Roma bendiciéndolos por los soldados que le habían dado a Cristo. ¿Soldados dices, cura Pacelli? ¿Y Gloria y Marta qué? ¿Fueron acaso soldaderas? Ni soldaderas, ni lesbianas, ni putas: ortodoxas paridoras según los cánones de tu Iglesia y que le dieron a tu Crucificado de a diez soldados cada una, estos sí todos hombres, de pene en ristre. Dos mil años han pasado desde que ese judío güevón se hizo colgar del par de palos dizque para redimir al género humano. ¿Cuántos más vas a necesitar, Cristoloco, para que surta efecto tu redención? ¿Tres mil, cuatro mil, cinco mil más? En veinte años tendremos pesando sobre nosotros, en vez de capa de ozono, una de ácido sulfúrico.

Lo de Cristoloco y su par de palos y su redención no son palabras mías, son de Ovidio: las pronunció en noche negra de tormenta horrísona en su cuartico de las viejas en pelota en el patio interior derecho de Santa Anita. Derecho mirando hacia el fondo, ubíquense.

La insidiosa Muerte, la que dice: «Si tomas por aquí te espero allí, si tomas por acá te espero allá», me trajo a México donde ya pagué mi cremación en las Funerarias Gayosso, empresa líder en su ramo, la industria funeraria, fundada hace 137 años por el español Eusebio Gayosso y que hoy por hoy cuenta con 20 sucursales en 11 estados de la República mexicana, además de la casa matriz. Un negocio redondo. Lacayos de la Muerte los Gayosso, ¿respetarán nuestro contrato de cremación? ¿Y si explota este avión, a quién le devolverán mi plata? En putas se la irán a gastar estos gachupines. Que les aproveche, que a ellos también los están esperando los gusanos. ¿Se enterrarán los Gayosso en su flamante empresa, o buscarán otra? Y ahí están Elenita y la abuela viéndonos partir. «Raquel, ¡se fueron!», le dijo Elenita con alivio cuando nos perdimos tras la primera curva.

—¿Y cómo sabían que decían «Llegaron», si ustedes no habían acabado de llegar, o «Se fueron», si ustedes ya se habían ido?

—Porque las veíamos y oíamos por un localizador satelital.

—Ah...

—Señorita, ¿ya pasamos Costa Rica?

—¡Cuánto hace!

—¿Y Panamá?

—¡Cuánto hace!

—Entonces vamos volando sobre Colombia.

—También ya la pasamos. En este instante sobrevolamos la Amazonia brasileña rumbo a Río. En dos horitas más llegamos.

—¡No me diga que este avión va a Brasil!

—¿Y para dónde va usted pues?

—Pues para Colombia, señorita, como el señor que viene aquí a mi lado.

—Yo no voy para Colombia, voy es para Brasil. Lo que pasa es que le dije al señor que iba a Colombia para no contrariarlo.

La felicidad en el cuarto de arriba del garaje me hiere el alma. A ver si el doctor Alzheimer, que es tan buen médico, me cierra la herida. Pienso en la Muerte. Nunca ha podido ser tan feliz mi señora como hoy porque nunca antes ha tenido tantos para matar. Ni yo tantos para anotar. Pienso en mi idioma. Cada generación que viene lo despedaza más. Soy del tiempo del tetramotor, del bolero y la batalla contra los ques galicados, que perdimos. Que se zarandee ahora este jet me deja impávido. Y que vaya a donde vaya.

—Muéstreme, señor, el desprendible de su pase de abordar a ver qué fue lo que pasó. ¡Ah, con razón! Es que no se lo recibieron. Mire que lo tiene entero. Se metió en un avión equivocado.

—Yo seguí detrás de un señor que iba en silla de ruedas y que instalaron en primera clase. Mírelo, que allá va. ¿Y ahora qué hago?

—En Río de Janeiro se baja y les explica lo que le pasó.

¿Y a quiénes les explico, vieja estúpida? Estos plurales del español sin nadie que responda me sacan de quicio. Rezo por que se acabe este idioma.

He sido cineasta, psicoanalista, psiquiatra. A los cinco años, ya con cuatro hermanos, escupía las bolas de helado delante de ellos para que me quedara a mí todo el platón. El que llegó primero come de lo que haya, y los que aterrizaron después que se jodan. Por lo pronto ya despegamos otra vez. A ver qué nos depara este vuelo.

—¿Cómo me le fue en Río, paisano?

—Más bien mal, paisano. Cinco días botando corriente, caminando por las calles como un bobo esperando avión, no había cupo.

—Muy bella ciudad, ¿no se le hace? ¡Y qué hembritas!

—Eh ave María, qué señor tan gordo el que me tocó adelante. Mire cómo me tiene prensado. Me va a apachurrar.

—Como que se toma su sopita. Fíjese a ver si hay un asiento libre atrás.

—Ni uno vacío, ya miré, este avión va hasta las tetas. ¿Y a usted cómo me le fue en Río?

—Voy allá muy seguido, a vigilar nuestra distribución en las favelas.

—Muy calientes esos cerros, ¿no?

—Ai los vamos toreando. ¿Y usted a qué se dedica?

—Yo a nada. Mi Dios me castigó con plata y presencia.

—Chicanerito el indio, ¿no? ¿Muy contento ya de regreso a la tierrita?

—No veo la hora de llegar. Cinco días para lo que iba a ser un vuelo de cuatro horas desde México, y estos irresponsables de Avianca me montaron en un avión equivocado. ¿No irán a dar algo de beber apenas se estabilice esto?

—Me leyó el pensamiento. ¿Aló? ¿Aló? ¿A ver? Diga. No, no puedo ahora, voy en vuelo.

—Apague su celular, señor.

—Apagado está, señorita. A la primera oportunidad, me trae un whisky. Y otro para mi paisano, ¿o no?

—También para mí whisky, señorita. Con hielo y agua mineral con gas.

—Al mío me le pone también hielito, pero sin Bretaña.

Cuando el abuelo se vino definitivamente de Barranca a quedarse lo que le restara de vida en Santa Anita y liquidó el almacén de zapatos y la prendería, se trajo de esta el remanente, un baúl de seminarista lleno de joyas. Lo guardó en el closet del cuarto nuestro, en el entrepaño superior donde no alcanzáramos, que fue como ponerle un banano en un palo a un mico. Lo bajamos, lo inspeccionamos y lo empezamos a vaciar. Carlos fue el que más sacó. Les daba las joyas a las niñas de Las Casitas haciéndose el caritativo: «Tengan, niñas, que en Santa Anita hay de sobra». Las niñas lo amaban. Vaciado el baúl de joyas y cuando el caritativo no tuvo más que dar, ¡adiós amor! Así son los pobres: malagradecidos.

¿Cuántos años de felicidad habrá vivido el abuelo en Santa Anita? ¿Cuatro? ¿Cinco? Si murió a los setenta y dos y les quitamos a éstos cinco, tenemos sesenta y siete. Sesenta y siete años de esfuerzo continuo, pues trabajó desde niño en lo uno y en lo otro sudando la gota amarga, para cinco de felicidad, ¿no se les hace mucho para muy poco? ¡Ah, pero qué frescura la de Santa Anita, su *locus amoenus,* en esos cinco años! Venir uno del tráfago de Medellín a aspirar el aire puro, y en el aire las fragancias de los novios y las azáleas, meciéndonos en las mecedoras del corredor delantero, ¡para qué quieren más dicha! La felicidad venía en el viento. Pase, doña Felicidad, pase, señor don Viento, síganse a la sala, al antecomedor, bien puedan, prosigan al comedor y al corredor trasero que están en su casa. Denles una barridita a las hojas secas de naranjo que se han posado en las baldosas, sáquenlas a bailar, pónganlas a girar, levanten una hojarasca, un remolino, un torbellino que suba y suba al cielo del Señor. Las criaturas de esta tierra tenemos todas derecho a la felicidad, para ella nacimos, para ella vivimos, para ella estamos aquí. Denme a mí cinco años de una felicidad de esas, absoluta, solo cinco y ni uno más, como al abuelo, ¡y quédense con el baúl de joyas! Después de los cinco años de felicidad semiabsoluta (con contratiempos menores provocados por vecinos y nietos), amarrados los brazos con una sábana por debajo de un catre de hospital y estando yo en Roma, de un cáncer de pulmón causado por los cigarrillos Victoria y apurado por su nieto Carlos, murió el abuelo.

—Muy rebuscador el cuchito. Yo en cambio ni papá tuve. ¡Iba a tener abuelo! ¿Nos tomamos otro?

—Hágale pues. Aprovechemos que ahí viene la señorita.

—Señorita, vea. Que el señor quiere otro whisky. Y yo otro. Pero el mío sin Bretaña. Y con un solo cubo de hielo, no dos. Con dos se me agua mucho el vaso. Eh ave María, paisano, aquí entre nos, ¡qué tacañería la de Avianca! De whisky dan agua con hielo. No se sientan por no dar del cuerpo.

Viajé de niño en avión a Bogotá con mi papá, al que habían nombrado zar de precios. No me acuerdo de los detalles de ese vuelo, salvo que la menor de las hermanas de mi abuela, Teresa, me había regalado la víspera unas palomitas de algodón. «¿Para qué sirven estas palomitas, Teresita?» «Para nada. Son bonitas». En Bogotá vivimos en una casa cercana a una fábrica de chocolate que despedía un olor fuertísimo. Sin la abuela fui muy infeliz. No veía la hora de volver a Santa Anita y soñaba todas las noches con ella: «Abuelita —le decía—, me hacés mucha falta, sin vos no puedo vivir. Bogotá es muy feo. Aquí huele todo el tiempo a chocolate».

Tenía la casa en cuestión un solar que habían vuelto un tiradero de botellas rotas, un inodoro de culos de botella. Un domingo en que estaba mi papá en ese solar reparando una silla que habíamos quebrado, sin decir agua va se soltó un aguacero y Dios le mandó desde arriba un rayo que le chamuscó el pantalón. «Dios sí es muy bueno —dijo Lía—. No les mató al papá».

—Segundo viaje, que le quiero contar, a San Andrés y Providencia.

Me lo regalaron en premio a que me había graduado de bachiller. Dos compañeros del liceo, unos ingenuos que ni siquiera habían botado la cachucha, viajaron conmigo. En el viejo campo de aviación en que se mató Gardel casi nos deja el avión porque no sabíamos que había que sacar un pase de abordar en un mostrador. Creíamos que con el pasaje comprado bastaba y no. Hay redundancias que hay que aprender a detectar en este mundo. Corrimos tras el avión con los equipajes en la mano y agitando los pases de abordar: «¡Paren, paren, paren!» Lo alcanzamos a la mitad de la pista. Paró y subimos. Era un tetramotor de SAM (Súbase, Amárrese y Mátese) y le daban a uno unos tapones de algodón para los oídos porque el ruido de los motores era ensordecedor, como de discoteca. Arrancó de nuevo el avión, aceleró, trepidó, despegó, tomó altura, y nivelándose por encima de los gallinazos y los cóndores empezó a volar por entre nubes. Yo veía por mi ventanilla que venía otro avión junto al nuestro escoltándonos. Me quitaba los tapones de los oídos y «Rrrrrrrrrr», rugía tranquilizante el otro avión. ¿Para qué vendrá este avión con nosotros? ¿Para reabastecernos de gasolina? ¡Gran güevón! ¡Eran los motores de mi avión! Cuántas cosas no tiene que aprender el cristiano en la vida...

—Así es. Y cuando se las sabe uno de todas todas, le dan chumbimba. Ahí viene la chimbita esta con los whiskies. Usted es muy eficiente, señorita. ¡No tener yo una asistente así en mi fabriquita! Pa sacarla a pasiar a caballo los domingos por mi finca de la sabana. Si no sabe montar, no importa, se viene conmigo al anca.

Caecus Borges linguam latinam non scribebat nec loquebatur. ¿Y qué que el ciego Borges no supiera latín? Tampoco Homero.

—¿De qué es su fabriquita, si no es indiscreción?

—Ni a fabriquita llega, es un galpón, una cocina grande. Ventas al por menor en Colombia ya no tenemos, las trasladamos a Brasil. Allá está mi socio, Fernandiño Beira Mar.

—Veee, se llama como yo, Fernando. Se estaban acabando los Fernandos porque se volvió nombre de viejo. Hoy hay montones. Si uno aguanta, la moda lo alcanza por detrás.

—¿Cuántos años tiene usted?

—Póngale a ver.

—¿Qué será?

—Soy modelo 42.

—Pues está muy deterioradito. Le calculaba cien.

—El Hudson de mi abuelo era modelo 46. En París los exhiben en el Museo del Hombre junto con unas hachas. Eh ave María, este señor me tiene prensado.

—Señor, ¿no se podría echar un poquito para adelante? Mire cómo tiene a mi compañero. No puede ni respirar.

—Viajen entonces en primera. O en jet privado.

—Usté es el que tiene que viajar como dice. ¿Por qué no se trajo también sus gallinitas? ¡Qué atropello estos gordos en los aviones! Van a quebrar la industria de la aviación. Gonorreas...

—Déjelo que se explaye que yo aquí me encojo. La Segunda Guerra Mundial estalló porque Alemania exigía su espacio vital.

La abuela tuvo medio centenar de nietos pero solo a nosotros, los de Lía, nos quiso. Silvio, hijo de Lía, se mató de un tiro en la cabeza. Mario, hijo de Iván, con veneno para las ratas. Silvio se mató primero, Mario después. Cuando Mario se mató encontramos a la abuela llorando en Santa Anita. «Abuelita —le dijimos—, no llore por Mario, que él no sufrió. Todo fue muy rápido». «¡Si no estoy llorando por Mario, estoy llorando por Silvio!» Años llevaba Silvio de muerto y ella seguía llorando por él. Menos mal que no fui yo el que se mató, porque si no, de pena moral la mato. Me quería más que a nadie. O mejor dicho, más que a todos sus hijos y sus nietos aunque no más que al abuelo, que era a quien más quería.

En cobro a su desamor por mí, cuando crecí la ponía a leerme a Heidegger. En el corredor delantero de Santa Anita, refrescados por la brisa, ella leía y el ciego oía. «¡Qué viejo tan aburrido!», decía, y seguía en la lectura, resignada. Solo le gustaban las novelas. A Heidegger me lo leía en español (sobra decirlo porque no era la mamá de Borges), y Heidegger en español es humo, viento, polvo, paja, mierda, nada.

Crecí y viví convencido de que mi abuelo le había sido fiel a mi abuela hasta la muerte. No. No hay que apuntalar la vida en convicciones bobaliconas. «Raquelita —le dijo en uno de sus regresos a Medellín—, como no puedo seguir viviendo en Barranca sin una mujer, ¿me das permiso de conseguirme una esposa substituta?» La abuela aceptó con la condición de que fuera fea y desdentada, no se fuera a enamorar él de ella. Me lo contaron Carlos y Gloria poco antes de que se desbarrancaran en el Alto de Minas viniendo de Támesis, en un camión de escalera, llegando a Medellín. Del fondo del abismo los sacaron chamuscados. De haberse guardado su secreto me habría muerto yo con una convicción al menos. En fin, ¡qué genio idiomático el de mi bígamo abuelo, lo de la esposa substituta! Una amante, abuelito, querrías decir. Una querida, una moza, una puta.

En defensa de la honorabilidad de mi abuelo debo reconocer que la esposa substituta que se consiguió era exactamente como le pidió mi abuela. La vi una vez, de paso, en Medellín. Que era una vecina suya de Barranca, me dijeron, y que había venido de esa ciénaga de iguanas a conocer nuestra gran urbe. Traía un hijo. ¿De ella con mi abuelo?

—¿Y qué opinión tiene del Santicos este que se nos encaramó en el potro?

—Lo más vil que haya parido en su vil Historia este bellaco país. Gesticulador, manoteador, adulador, embaucador, traidor, indocto, ignaro, estúpido. Más estúpido que película de avión.

—A mí me gustan.

—Yo prefiero mirar nubes. En uno de esos viajes míos en tetramotor, ¿a que no sabe qué vi por la ventanilla? Un cóndor apostando carreras con mi avión.

—¿Y quién ganó?

—Nosotros. Lo dejamos atrás con la lengua afuera.

La única póliza eficaz contra la desdicha es la muerte propia. Por lo pronto, mientras le pongo punto final a este exabrupto, antes de acostarme me lavo los pies todas las noches con infusión de yerbas de siete potencias para que no me los piquen los zancudos y me dejen dormir. Zumban más que la conciencia.

«¿Qué van a hacer sin mí cuando me muera?», preguntaba la Loca, la inútil. «Descansar», contestábamos. ¡Y qué descanso, Señor, cuando la llamaste a cuentas! ¿En dónde la tenés ahora? ¿En los infiernos? ¡Pobre Satanás! Perdonalo, tené compasión de ese infeliz ángel caído.

Tras la muerte de la posesa, en la casa o manicomio que dejó empezó a reinar la calma. Solo estragos nos había dejado el vendaval. Vivió para superpoblar al mundo. «¡Bañen al bebé! —gritaba desde arriba, desde su centro de control—. Pero antes me hacen un jugo de naranja con banano picado que se me bajó el potasio». Décadas jodió con el cuento del potasio y mandando, instalada en un sillón de la segunda planta, de la que no bajaba ni por el Putas porque detestaba subir escaleras. «¡Suban rápido con el jugo que me voy a morir!» Y se le enrojecía la cara de la ira por la tardanza. ¿Y quién, por Dios, no se va a morir? Medio siglo amenazó hasta que por fin la Muerte, que no se daba abasto en tanto matando, abrumada, por un lado y por otro, se acordó de ella. Solución para el problema de la superpoblación del mundo: maten madres.

Se murió el abuelo, se murió la abuela, se murió Elenita, se murió la Loca y de muerte en muerte ajena avanzo hacia la propia. Aquí sigo montado en este planeta estúpido pasando de la luz a la oscuridad, de la oscuridad a la luz, viendo salir y ocultarse el Sol, que no sé para dónde nos lleva con su cauda de planetas. ¿Y los dueños del mundo que se ponían de ruana a Santa Anita, qué se ficieron? ¿Y qué fue del ruido que trajeron? ¿Y qué de su hijueputísima y mayúscula destrucción? Nadie los recuerda ahora. Ni un mísero homenaje les han hecho en su memoria. Los ingrávidos recuerdos se me van al cielo como las pavesas de una quema.

Carlos decía que la abuela y Elenita se querían. Yo digo que no. Elenita no quería a nadie: ni a la abuela, ni al abuelo, ni a la Loca, ni a nosotros. Yo en cambio (tal vez porque nací para llevarle la contraria al mundo) la quería inmensamente. Entre los grandes fracasos de mi vida está el no haberla podido hacer feliz. Cataratosa, diabética, desventurada, infeliz nata, vivía para su dolor. Muerto el abuelo las dos hermanas condenadas a vivir juntas se quedaron solas en Santa Anita. Un día dejaron la finca y se vinieron a una casa alquilada cerca de la nuestra en Medellín. Ahí las encontré a mi regreso de Roma: las abracé y me eché a llorar. Luego me fui a México y no las volví a ver nunca más. Mi abuela murió primero, dejando a su hermana al garete, como una pelota que el mar se pasa de ola a ola. «Ahí te va la pelota, Teresa —le dijo un día a Teresita el mar—. No me la regreses». Elenita de nada servía, nadie la quería, a todos les estorbaba. Era lo que se llama en Colombia un encarte: un elefante blanco sin circo. Cuando no lloraba se quejaba: «Ay, ay, me duele aquí, me duele allí». Y le pedía a Dios que se la llevara. Silencio del Altísimo. El Hijueputa de Arriba se hacía el sueco, que no entendía. «Si en Tu Bondad Infinita no te la querés llevar, ¿no podrías entonces, Señor, ordenarle al arzobispo de Medellín que la recoja?», le implorábamos por nuestro lado nosotros. Poníamos el radio en onda corta a ver qué nos contestaba y nada: microondas, ruido cósmico. «¿Qué dice? ¿Que sí, o que no?» «El Hijueputa Sueco dice que sí pero que no».

Cuando de la casa de Teresa le chutaron a Elenita a Lía, la iracunda Loca se encargó de despacharla al Más Allá con el permiso del Que Truena. «Ilumíname, Dios —le pidió—. ¿Qué hago con este encarte que me mandaste?» Y El Que Truena, que como *causa causarum* de lo que existe era la última fuente de la diabetes de Elenita, le contestó: «Muy sencillo, Lía: le suspendés la insulina y le das pastelitos de gloria rellenos de dulce de guayaba». Y así se hizo y santo remedio, por fin el mar metió el gol. En algo menos de tres meses Lía le produjo a su tía Elena un coma hiperglucémico y la mandó a cantar con los angelitos celestiales. Es que Dios, como Pablo Escobar, no mata por mano propia, Él no se ensucia: para eso tiene sus sicarios.

Antes de que la diabetes se llevara también a Lía y la mandara, con una pierna gangrenada, a rendirle cuentas a Satanás, la multípara dejó debajo del colchón de su lecho de muerte unos pliegos escritos, con un optimismo rabioso, para la posteridad. De ellos cito, palabras textuales: «Y azúcar va y azúcar viene. Jugos, tortas, pasteles y helados fueron en adelante la dieta de mi adorada tía. Porque yo digo que las atenciones se deben hacer en vida y no como las flores después de muerto. El médico le había dado tres meses de vida y con mi ayuda acertó. Tres días antes de cumplir el plazo expiró. Que Dios la tenga en su santa gloria. Dios mío, en tus manos dejo la tía que expiró y la receta que llega». Con lo de la receta que llega se refería, la muy graciosa, a las que daban por televisión y que ella iba anotando en el primer papel que encontraba: por detrás de un diploma de alguno de sus hijos o de las escrituras de la casa. Cientos de recetas que iba guardando en un baúl y de las que no hizo ni una. De nuevo cito: «Este verdaderamente es y ha sido mi hobby, mi placer, mi aliciente para vivir y el que saboreo receta por receta. Con este método adelgacé muchos kilos». ¡Adelgazó copiando recetas que nunca hizo! Buen método. Que es el que les aplicó a su marido y a sus hijos para que se evaporaran. Mi santo padre murió flaco como un faquir. ¡Y toreando a una cobra!

—¿Qué pasó en últimas, paisano? ¿Se cae o no se cae este aparato?

—Que no es grave dice el capitán. Que simplemente vamos a regresar a Río.

—Llame a Fernandiño por ese telefonito suyo a prueba de avión y que nos mande el suyo.

—¿Y qué nos ganamos?

—Muy sencillo: lo empareja a este, lo acopla, abrimos las portezuelas y pasamos.

—Déjeme ver. ¿Aló, aló? ¿Fernandiño? ¿Cómo está você? Habla el colombiano. Ah, bueno... Ah, bueno... Ah, bueno...

—¿Qué dice?

—Que me devuelve la llamada. Señorita: ¿sería mucho pedirle si nos trae otros whiskicitos?

—Enderecen sus asientos y abróchense el cinturón.

—Siempre con la misma cantaleta. En Colombia es lo que hacemos todos los días: abrocharnos el cinturón.

¡Qué lejos habría llegado en la vida de haber sido el tercero, el cuarto, el quinto, el sexto! Habría aprendido de los hermanos mayores y ganado tiempo. Pero no. Me tocó abrir trocha. Vuelvo ahora de regreso a Medellín y a Antioquia a continuar mi investigación en los archivos parroquiales. Ya sé cuándo nació el abuelo, cuándo nació la abuela, cuándo nació Elenita, cuándo nacieron los Argemiros y los Ivanes. Y quiénes fueron mis bisabuelos y tatarabuelos. Y de abuelo en bisabuelo remontándome hacia atrás espero llegar al comienzo mismo de las cosas, al simio erecto que bajó del árbol. ¡Cómo de tan humilde animalito pudo surgir el que aquí ven, semejante pinta que parece un káiser!

—Para los años que tiene se ve muy bien. ¿Ya se hizo el análisis del antígeno prostático?

—De la próstata estoy perfecto. Lo que me falla es de ahí para adelante.

—¡Ah, hoy eso ya no es problema! Vaya a la farmacia y pida condones duros. Si todo en esta vida fuera así de fácil...

A veces me desdoblo para verme y me digo: «¡Qué tipo tan raro el que tengo enfrente!» Acto seguido el doble se reintegra al original y vuelvo a ser el fiel de la balanza. Voy llegando a los mil muertos en mi libreta: gentecita humilde en su mayoría y una que otra gentuza célebre de la que sale en televisión. Tengo anotados tres presidentes y dos papas y varios casos curiosos de cómo procede a veces la Muerte. El arquitecto Urquiza, que le construía su casa a un político mexicano millonario, se cayó de la segunda planta en obra sobre el pedazo de la reja porfiriana de la entrada que se habían robado del bosque de Chapultepec, y murió estacado en una de las lanzas. Pero la joya de mi corona es el escritor Jorge López Páez, mexicano él también, muerto en la bahía de Campeche comido por un tiburón. No cualquier patirrajado tiene un muerto de estos en su libreta.

—Maravillosa su idea de una libreta así. Es toda una liberación psíquica. Y un gran gusto para mí conocerlo. Permítame presentarme: Arnaldo Flores Tapia, psicoanalista y psiquiatra.

—¡Cómo! ¿Usted es él?

—¿Por qué se asombra?

—Porque yo fui su paciente: en su consultorio de la calle Diógenes Laercio de la colonia Polanco.

—No me diga...

—Lo que sí nunca le pude ver fue la cara porque usted atendía desde el interior de un confesonario oscuro para que no lo viéramos. Y siempre por las celosías de los tableros laterales, así fuéramos hombres. «Dígame sus pecados», nos decía. Y arrancábamos.

—Para los males del alma da lo mismo hombre que mujer. El papel del psicoanalista es escuchar y cobrar. Sobra verlo. Después de Freud y de Lacan vengo yo con mi revolución florestapiana.

—La conozco requetebién. En una ausencia suya lo remplacé.

—No me diga...

—Se fue usted de juerga a Acapulco con sus pisculinos.

—¿Ah, sí?

—¡Y qué importa! Que cada quien haga de su culo un garaje.

Llegábamos pues a Santa Anita a ponérnosla de ruana. En la alta noche, mientras roncaban los abuelos, nos levantábamos, nos envolvíamos en sábanas blancas, y convertidos en ánimas del purgatorio salíamos calladamente de nuestra opulenta propiedad a espantar a los pobres de Las Casitas. Nos parábamos junto a una mata de plátano y aullábamos como lobos agitando las sábanas: «¡Uuuuuuu!» Terrorífico. Una noche uno de esos pobres, un hijueputa, nos hizo tres disparos. De vuelta a Santa Anita, y para salvar la noche, nos les metimos a la casa a los Mejías y le jalamos a don Alfonso las patas. «¡Aaaaay!», gritó el viejito despertándose. Vimos que se levantó y que cayó al suelo convulso, y salimos pitando.

Por su teléfono de alambres enrollados y de imanes, como de Edison, llamaron los Mejías a Envigado y de allá les mandaron un médico anciano que en el término de la distancia se presentó con una bombona y un sifón decimonónicos. Conectó a don Alfonso a la bombona por el sifón y lo puso a oler óxido nitroso, el «gas de la risa». Tal fue el ataque de risa que le acometió al viejito que pensaron que se iba a morir. «Eh ave María, doctor, ¿qué le dio por Dios a oler a mi cuñado? —le increpó doña Josefina—. No me diga que marihuana». Tonta mujer, ¡rociaste de gasolina un incendio! A la sola mención de la yerba maldita (que para los neófitos ya de por sí es hilarante) don Alfonso pasó de una situación controlable al Armagedón. Se revolcaba en carcajadas convulsas por el piso, apretándose el estómago como si fuera a vomitar o a parir. Acto seguido don Alfonso Mejía el bueno, el solterón virgen, la pulcritud misma, el varón justo que en su largo tránsito por este valle de lágrimas jamás había dicho una sola palabra malsonante, explotó en la sarta de obscenidades más espantosas que haya proferido boca humana. «Al que han debido llamar es a un exorcista, no a mí», diagnosticó el galeno. «Yo sé de uno —dijo Asencio, el menor de los Mejías, que era tarado—: el padre Gómez Plata». «¿Juan de la Cruz Gómez Plata?», preguntaron los demás esperanzados. «Ajá», contestó el bobo. Pues el padre Gómez Plata, quien de cura en vida subió a obispo, de muerto había subido a la gloria de Dios hacía ciento cincuenta años. Aguante un poco más, monseñor Plata, allá arriba, y va a ver que el Bergoglio de aquí abajo nos lo canoniza como a la madre Laura: «A rezarle, antioqueños —va a decir—, al nuevo santo que hoy les doy, el padre Plata. Y a soltar la plata». Vomitando lubricidades de la peor laya entregó don Alfonso Mejía el alma. ¿A quién? ¿Al de arriba o al de abajo? «Da igual —dijo Ovidio—, los dos son uno solo: el Putas. Dios es el Diablo».

—¿Y cómo supieron ustedes qué pasó, si dice que salieron de donde los Mejías pitando?

—Porque Ovidio nos contó.

—¿Y él cómo supo?

—Porque lo llamaron.

—¿Y cómo pudo invocar un bobo a un muerto de hacía ciento cincuenta años?

—No se haga bolas, como decimos en México, doctor Flores Tapia: fue un fenómeno paranormal.

«Mejía Alfonso». Así lo puse en mi *Libreta de los muertos,* por el apellido. A veces los pongo por el apellido, a veces por el nombre, a veces por el apodo y a uno lo puse simplemente por lo que era, «El hijueputa». Así figura en mi libreta de tapas negras. Me lo mataron de un pepazo por encargo. Por encargo del de Arriba quiero decir, no mío. Del de Arriba, que es el que hace justicia aquí abajo.

En orden de edad, dignidad y gobierno, y recapitulando, fuimos como sigue: Fernandiño, Dariiño, Anibaliño, Silviño, Carliño, Gloriña, Martiña, Manueliño, Alvariño, Andresiño, Alfonsiño, Arturiño, Jaimiño, Francisquiño, Guillermiño, Gonzaliño, Jeromiño, Rafaeliño, Ricardiño, Rodriguiño, Gabrieliño, Valeriño... ¿Diecisiete? ¿Veintisiete? ¿Falta alguno? ¿Sobra alguno? ¿Cuántos van? Sobrar lo que es sobrar nunca sobraron: faltaron. Lía se quedó corta frente a la despoblación del planeta. «Hay que llenar los polos, Lía, están vacíos. Hasta aquí vas bien. Montá una transnacional, salí del trópico».

—¿Usted quería a su mamá?

—Sí, doctor: verla muerta. Madre que muere, madre que deja de joder. Y si se le gangrena una pata, se le corta. Y si se cae este avión, que se caiga. Prueba será de que Avianca es la peor compañía aérea del mundo. Mire lo apretados que vamos en primera: diez centímetros hacia atrás es lo más que se reclina este asiento. Me pasaron a primera por acumulación de millas porque a una de sus empleadas malcogidas se le olvidó pedirme el pase de abordar y me mandó en un avión equivocado. Y ahora de coba me dan champaña y me piden disculpas. ¡Qué champaña ni qué carajos! La champaña es un vómito de putas.

La lentitud con que pasan los días, la rapidez con que vuelan los años, eso, doctor, es envejecer. Desapetencia, insomnio, cefaleas, amnesias, gastritis... Y una comezón en el cuerpo que no se imagina lo terrorífica.

—¿Ya tomó vitamina B12?

—Sí, doctor. Y antihistamínicos.

—¿Descartó el hígado?

—Descartado está. Me lo acabó el alcohol.

—Sarna no puede ser porque según me ha dicho desde hace tiempos no tiene relaciones con nadie.

—¡Me la habrán pegado por ciencia infusa!

—Pruebe quemándose al sol. No hay como las caricias del Astro Rey.

—¿Y si me producen un melanoma los rayos utravioleta?

—Un melanoma requiere su tiempecito. Años. De un melanoma no va a morir, se lo garantizo. No alcanza. Usted le gana la carrera al cáncer. Morirá de otra cosa.

—Dios lo oiga, doctor, y me lo bendiga. A ver si agarro entonces el vicio del cigarrillo, por no dejar. O sea, por no dejarles a los gusanos los pulmones intactos. Porque tampoco voy a alcanzar a desarrollar un enfisema pulmonar si empiezo a fumar ahora, bajando de este avión, ¿o no, doctor?

—Tampoco. La destrucción alveolar del tabaquismo también toma años. Pero apúrese porque los cigarrillos van a desaparecer. Con esta guerra que les ha declarado a los vicios los hipócritas... ¡Vicio el de estar uno vivo!

—Nunca me imaginé que le iba a conocer la cara un día a mi doctor. ¡Y en un avión! Arnaldo Flores Tapia, del Círculo de Viena, psicoanalista y psiquiatra, el que eliminó el diván y reintrodujo el confesonario. Se ve divinamente bien, doctor, ¿cómo le hace? ¿Sí es verdad que ustedes los del Círculo se iban de noche a los cementerios vieneses a violar cadáveres con luna llena?

—Mitificaciones, mistificaciones.

—¡Y qué importa! ¿Qué mal le puede hacer un necesitado que alienta a un cuerpo inerte? Bien sea en Colombia ahora llegando o más adelante en México a mi regreso, le voy a organizar un homenaje. Cruz de Boyacá o Águila Azteca, ¿qué prefiere?

«¡Llegaron!», dijo Elenita. Sí. Llegaron. Los irrepetibles, los hijueputicas, a revolver, a trastornar, a patasarribiar el mundo. Se iban Gloria y Marta a jugar a un pantanero, y tras haberse dado sus baños de suciedad en el lodo, puercas hasta la coronilla, las hermanitas corrían a limpiarse con la toallita de manos reluciente y blanca con que se enjuagaba Elenita la cara. Y ya dije con qué se limpiaba Carlos el trasero: con una Biblia, con *La Meta,* la Biblia de la hípica colombiana. «¡Ah con estos niños de Lía, son cosita!», era cuanto atinaba a decir, resignada, la abuela.

Volvíamos a Medellín de Santa Anita un anochecer en medio de la niebla cuando al benjamín de turno, el último retoño, Alvarito, le dio ganas de orinar. «Pará, papi, que el niño quiere hacer pis». «¡No puedo! ¿No ven que si paro con esta niebla nos da por detrás un camión?» «Se está reventando, no aguanta. ¿Entonces que se muera, o qué?» «¡Que se muera!» Para que no se muriera la criaturita lo pusimos a orinar en una botella de Freskola y se le quedó el pipí atorado y no se lo podíamos sacar. «¿Qué hacemos, papi, qué hacemos?» «Rompan la botella». «¿Con qué?» «Con la cabeza».

Tenía Lía unas tijeras puntiagudas que solo usaba para cortar tela, y ni siquiera papel porque el papel se las dañaba, pero con las que en momentos de ira tiraba a matar. A Carlos se las clavó en la espalda a unos milímetros de la médula espinal y por poco no lo deja tetrapléjico. ¿Se imaginan los periódicos del futuro titulando a cuatro columnas «El tetrapléjico alcalde de Támesis construye una central hidroeléctrica»? Pero no. Ni quedó tetrapléjico el niño, ni construyó la central hidroeléctrica el alcalde, ni lo reeligieron sus conciudadanos para un segundo mandato por la envidia y tirria que le tomaron ante la infinidad de muchachos hermosos que se consiguió en el primero y que les quitaban el sueño. Su imaginación de pobres les escenificaba las orgías más espantosas, las más deliciosas. No hay peor foco de maldad que un pobre viendo a un rico despachándose a lo grande con el cucharón.

—¿También su hermano era homosexual?

—¡Cómo que «también», doctor! ¿En qué papa está pensando?

—No, en ninguno. Simplemente digo, comento, indago para orientarme en la compleja realidad.

—A diferencia del heterosexualismo, que es comportamiento oscuro y pantanoso, el homosexualismo es limpio como el útero de la Virgen: el humilde deseo de un hombre de convertirse en otro.

—Muy pontificable y loable tan inocente intención.

Si queremos fundar sobre bases sólidas la incierta ciencia de la sexología, empecemos por poner la cópula heterosexual donde le corresponde: en el capítulo de las desviaciones más monstruosas de la naturaleza. Si de veintitrés hijos varones que tuvo Lía diecinueve cojeaban del mismo pie que Carlos, ¿dónde está la tan cacareada normalidad? No juzguen por lo que no conocen. ¡Zafios!

Tijeras lanzadas con intenciones homicidas, cubiertos, cepillos, varillas, zapatos... Violentando las prioridades jerárquicas y pasando de víctima a victimario ese mismo Carlos, quinto hijo, le tiró un cepillo de embetunar zapatos a Silvio, el cuarto. Silvio lo esquivó y el cepillo fue a darle en la boca al noveno, Álvaro, rajándole un labio. Corrimos en la Lambretta con el niño chorreando sangre a que lo cosieran en una clínica de la Avenida San Juan. Lo cosieron, sí, pero a la chambona: le dejaron el labio fruncido como si hubiera nacido de mamá con sífilis. Y no. La que lo parió fue una santa. Bergoglio la ha de tener ya en la mira entre las canonizables: santa Lía, la patrona de los ríos desbordados y las madres.

Fue nuestra Lambretta la primera motoneta que llegó a Medellín. La importamos nosotros, los ricos, porque ¡qué van a importar allá nada los pobres! Para qué, si de lo que uno siembre, produzca o importe se benefician: con la mayor naturalidad alargan la mano y lo toman. Para ellos no existe el verbo *robar* ni el sustantivo *propiedad* ni obligación de ninguna clase. Deberes no tienen: solo derechos. ¿Por qué les querrán hacer la revolución los de las FARC, si son felices? Déjenlos como están, hijueputas.

Nunca logró Elenita, nacida en arcaicos tiempos, pronunciar el neologismo «motoneta»: decía «monteta». «¿Ya entraron de la calle la monteta? No la vayan a dejar afuera porque se la roban». Preciso. La dejamos un instante afuera y se la llevaron los pobres. «¿Viste, Elenita, la mala suerte que traés? No hablés, no pensés, no pronostiqués, no digás que va a temblar porque tiembla». Preciso. Pensó que iba a temblar porque le dijimos y de inmediato se sacudió la casa. Elenita vivía instalada en la desdicha. Para que no se les contagiara a sus hijos Lía la tuvo que matar. Era un foco de infección.

Al igual que sus hermanos entre ellos, Gloria y Marta se amaban: se rompían los cuadernos, se despedazaban la ropa, se tiraban tinteros en la cara, se acuchillaban los colchones de las camas... En un descuido de una, la otra le cortaba un mechón de pelo y la dejaba trasquilada. Enceguecida por la ira la trasquilada perseguía a la trasquiladora tumbando muebles, volcando floreros, quebrando lámparas, acabando con lo que quedaba de la pobre casa. Cuando la perseguida huía escaleras abajo y estaba a punto de escapar, la perseguidora la alcanzaba desde arriba con un gargajo. ¡Claro que se amaban! Si no, se habrían matado.

A una casa del barrio de Laureles llegaba al atardecer un jeep Willis nuevo, reluciente. Era de uno de Los Yetis, el grupo de rock, que venía a visitar a la novia. Desde la casa de enfrente las dos hermanitas que se amaban espiaban por las persianas. «Ya», decían no bien se ocultaba el sol y empezaban a caer las primeras sombras cómplices. Y salían disparadas rumbo al Willis. Cruzaban la calle, llegaban al jeep, le abrían la carpa, se montaban por atrás, se acomodaban adentro, cerraban la carpa, se alzaban las faldas, se bajaban los calzones, y con los calzones bajados, las faldas alzadas y la carpa cerrada, sobre el inmaculado piso del flamante vehículo en fraternal dúo se orinaban. Tras haber vaciado en propiedad ajena las vejigas de su maldad, salían las dos hijueputicas del jeep y en veloz carrera volvían al seguro refugio de su casa. Nunca las pillaban, impunes se quedaban. Sostenidas por satisfacciones tan grandes como esta pudieron sortear las infinitas adversidades de la vida y vivir hasta matusalénicos años. Dios las ha de tener hoy en su gloria (si es que existe).

Para darle un correctivo a la dupleta salvaje las poníamos a pelear en el cuarto grande, haciendo la una de Pambelé y la otra de Frazer: Pambelé la morenita, Frazer la rubiecita. «¡Primer round! ¡A sus marcas!», y tocábamos la campanilla. Partían de sus rincones las dos estrellas del cuadrilátero, y ¡tas!, se enzarzaban. «¡A matarse, verracas!» Las azuzábamos, unos a una, otros a la otra: «¡Dale duro, sacale sangre, Pambelé, tumbate a esa marica!» «¡Rompele la jeta, Frazer, desangrala, que caiga!» ¿Se trenzaban en un clinch? Las separábamos. ¿Caían? Las levantábamos. ¿La sed las abrasaba? Les dábamos a chupar vinagre de una esponja como a Cristo. Cuando se les zafaban los guantes de boxeo improvisados con toallas se agarraban de la greña como demonias en brama. Terminaba el combate en empate técnico porque las dos púgiles tiraban la toalla. «No más, no más», suplicaban deshidratadas, bañadas en sudor y lágrimas.

—¿El Frazer que dice no era un panameño apodado *Peppermint*?

—Ay, doctor, no me acuerdo. Los aguaceros que han llovido desde entonces sobre el techo de dos aguas de mi casa...

Una vieja de tetas caídas me pretende, Amnesia. Amnesia la guasona, la que les borra el disco duro a los viejos y que anda de pipi cogido con otro de su calaña, su compinche Cronos, el que nos vuelve los días años y los años días por joder. Los días se me arrastran como misas de tres curas con trisagio, y mis años no bien se encienden el primero de enero ya se quemaron el 31 de diciembre como las papeletas de mi infancia o como los fósforos El Rey. Con esta lentitud rápida y desmemoriada se me va la vida.

—¿Desde cuándo?

—Desde que cayó la Unión Soviética.

Viajo para llegar, llego para partir, y empacando y desempacando mis cuatro chiros voy enredando la pita. «¿Quién soy? ¿Cómo me llamo?», me pregunto, mientras me afeito, en el espejo. «Tú eres tú y te llamas yo», me contesta el káiser. «Si soy tú, entonces no me puedo llamar yo». Y le suelto un escupitajo. Ya le partí de un puñetazo en dos la cara y me quedó el espejo cuarteado en zigzag. Por poco no me desangro.

—No se preocupe que eso nos pasa a todos, es normal. Un simple problema de tipo especular.

—Una cosa tengo muy clara a estas alturas del partido, doctor: que si apretando un botón mágico vuelo el Universo, lo aprieto. ¿Cómo es que se llama la enfermedad que les da a los viejos y les impide juntar los nombres con los apellidos?

—A ver, haga un esfuercito, le ayudo. ¿Apraxia? ¿Afasia? ¿Agnosia? ¿Anomia? ¿Disnomia? ¿Distrofia? ¿Dislexia? ¿Dislalia? ¿Disglosia?

—Disglosia no porque esa es de la que padece el presidente Santos.

—¿Tartamudea él?

—Verbal y mentalmente. Para disimular mueve las manos tiesas hacia adelante y hacia atrás como masturbando un atanor.

—¿Deficiencia intelectual?

—Mediana. Digamos como la del presidente Barco, que en paz descanse.

—¿Vocabulario adecuado para su edad?

—Sí, pero para cuando tenía diez años. Hoy va para los setenta.

—¿Y la sintaxis?

—Frases de entre cinco y diez palabras. Mucha elipsis, poco verbo, mínima conjugación. Estilo entrecortado, tarzanesco.

—¿Y qué quiere que haga?

—Que me dé su diagnóstico, doctor.

—Se les jodió el país.

—¡Qué bueno que me lo dice porque me quita un peso de encima! Así están todos.

Cuenta Lía en sus papeles que Alfredito trataba a Elenita como a una hija: beso en la frente, camas separadas, pesebre en diciembre, y en navidad traídos del Niño Dios. «¿Estaría ya gastado?», se pregunta y se contesta que no sabe. «No, Lía, Alfredito no era un lápiz». Que se acostaban a las seis de la tarde, que la casa parecía un convento, que Elenita nunca salía a la calle ni hablaba con nadie, que se pasaba las horas rezando y que cuando Alfredito no estaba se ponía a llorar delante de ella, la niña, la sobrinita que venía de vacaciones a acompañarlos. No cuenta en cambio cómo ni cuándo ni dónde murió Alfredito, pero yo sé por lo menos dónde: en un pueblo de Antioquia en que estaban de paso. Viendo caminar sola y desolada a la viuda detrás del féretro de su esposo el pueblo comentaba: «¡Pobrecita! ¡Tan jovencita!» No sé cómo se llamaba el pueblo ni por qué fueron a dar a él y ni siquiera recuerdo quién me lo contó. Ese fue el momento culminante de la vida de mi tía abuela, su cuarto de hora protagónico.

—Llore que le hace bien, deje correr las lágrimas.

—Cambiaría el abundante racimo de muchachos que me dio Dios por un solo instante de felicidad de Elenita. ¿No me cree?

—¡Claro que le creo! Es más: solo les creo a hiperbólicos. El pensamiento ante la realidad se nos queda corto. ¿No ve lo grande que es esto? ¿Y lo chiquito? ¿Y lo burletero? Un ojo de mosca en el microscopio electrónico se ve como una galaxia en el telescopio Hubble.

Elenita no se pudo casar con Roberto Campuzano, a quien quería, porque no se lo permitió su mamá, mi bisabuela, la primera Raquelita, aduciendo que el joven era un borracho. ¿Y Colombia qué? ¿Y Baco? ¿Y Noé? Tras el éxito de su arca este anciano de 600 años (que habría de vivir hasta los 950, más que Alfonso López pero menos que Matusalén) sembró una vid y para celebrar la primera cosecha se pegó una borrachera bíblica. Lo encontraron sus hijos Sem, Cam y Jafet en su tienda vomitado y desnudo. No bien empezó a asuntar el viejito y que la tomó contra Cam, que fue el que lo vio primero en traje adánico, y lo maldijo: «Malditos tú y tu descendencia. Nacerá toda tu prole masculina con el pene de los burros. Y te me quitas de enfrente ipso facto».

«Raquelita» llamaban por cariño a mi bisabuela. Pero como también a su hija, mi abuela, le decían igual, ¿cómo distinguir una arenita de otra arenita? Ahí les dejo a los españoles, que detestan los diminutivos, el problemita. Gachupines: me dice mi bola de cristal que os vais a liberar por fin del Borbón zángano asesino de animales. ¡Enhorabuena! Vais a jubilar por fin las rodilleras. ¡Ay, dizque el Cid, Rodrigo Díaz de Vivar, «el que sería buen vasallo si tuviese buen señor»! ¡Vasallos! ¡Lacayos! ¡Rastreros! ¡Barberos! ¡Carantoñeros!

Raquel primera, la mala, hizo casar pues a mi tía abuela Elena con un lisiado de guerra que habría podido ser su padre. Y en ese punto exacto brotó el arroyo que se habría de despeñar desde la montaña más alta en un torrente de desgracias. «Elenita —le preguntábamos—, ¿cómo es que se llamaba el novio que amabas?» «Roberto Campuzano», contestaba, y se le chorreaba una lágrima. «¡Qué apellido tan feo! ¡Suena a ano de gusano!»

Cuando murió Raquelita la mala, el mayor de sus hijos, Alberto, le puso un telegrama a la familia ausente: «Despidiose, dos de la madrugada». ¿Y a qué horas me voy a despedir yo? ¿A las tres, a las cuatro, a las cinco, a las seis de la mañana? ¿O del atardecer? ¿O será a las doce del mediodía cuando el sol rabioso del trópico fríe huevos sobre las rocas? Dime, señora Muerte, a qué horas vas a venir a llamarme para estar pendiente. El interfón de mi edificio no sirve, vive descompuesto. ¡Qué importa! Si no te contesto, ya sabes. Me marcas por el celular y bajo a la calle a abrirte.

Tiene el barrio de Manrique una iglesia gótico-delirante con dos torres puntiagudas que pinchan el cielo encapotado y le hacen soltar sobre Medellín, Colombia, unos aguaceros tremebundos. En una casa de ese barrio cercana a esa iglesia vivió mi abuela, y allí murió Raquel primera, su mamá. ¿Qué hacía ahí la vieja piadosa y cristiana, o sea mala? Me imagino que al final se habría ido a la casa de su hija a morir. Sé qué sintió mi abuela en ese instante, dos de la madrugada: justamente lo que siento ahora recordando, un dolor muy grande, de esos que ahogan, en el pecho, el corazón.

—¿De veras siente eso?

—¡Claro que lo siento! Manías de investigador que me hacen ponerme en el lugar de los investigados. Fracasado en la mía propia, me dedico a revivir vidas ajenas.

Algo antes de que yo naciera murió Alfredo Escalante dejando a Elenita viuda, de unos treinta años. Poco para ahora, mucho para entonces. Para entonces el asunto ya no tenía remedio, aunque Roberto Campuzano creía que sí y fue a buscarla y a pedirle que se casaran. Ella le respondió que no, que él se debía a la mujer que ya tenía y a sus hijos. ¡Ah con esta puta religión de Cristo que empendeja al cristiano! Vida no hay sino una sola. Si Cristo decidió cagársela en una cruz, ¡allá él! Medio siglo después, cuando Elenita se estaba muriendo, nos pedía que la lleváramos a Sincelejo a despedirse de Roberto, quien a su vez se moría en esa ciudad lejana, en un asilo de ancianos. ¡Para qué, Elenita! Inodoro vaciado, mierda que se fue. ¡Y después viene el güevón de García Márquez a contarnos el amor entre dos centenarios en una jungla de micos masturbadores que se balancean, colgados por las colas, de las lianas!

Las posesiones terrenales-celestiales de Elenita se reducían a cuatro: una Virgen de Fátima de porcelana, un Niño Jesús de madera, un taburetico barnizado y una muñeca medio calva que cuando uno la sentaba en el taburetico decía «mamá». «Elenita, su muñeca acaba de decir *mamá*. A lo mejor quiere ir al baño». La Virgen, pálida como con sífilis, tenía el corazón afuera y se lo señalaba con un dedo. De tan fea era bonita. «Elenita, ¿cuándo nos va a dar la Virgen y el taburetico?» «Cuando me muera», contestaba.

«¿Y cuándo se va a morir?» Que cuando Dios quisiera. «Eso nos dijo el año pasado». «Yo le pido, pero el Señor no quiere». «¡Ah, con razón! Porque no le está pidiendo a Dios sino a otro. ¿Y por qué su Virgen tiene el corazón afuera, si no es el Corazón de Jesús?» «Porque sufre». «¡Cómo no va a sufrir, si le duele! Mucho cuento es que no se le muera». En cuanto al Niño Jesús, carirredondo y barrigón y con un hueco negro por el reverso a modo de ano, era más feo que pegarle a la madre. A falta de uno pequeño se lo pedimos prestado para el pesebre, así quedara más grande que San José y la Virgen y que la mula y el buey. De repente el Niño Jesús de Elenita desapareció del pesebre. ¡Y búsquenlo por aquí, y búsquenlo por allá! Le rezábamos a su mamá, la Virgen, para que apareciera, y nada. Aníbal, en cambio, no rezaba. ¡Claro, qué iba a rezar, si él fue el que lo tomó del pesebre para tirarlo en el cesto de un inodoro! Ahí quedó, hundido en los papeles chocolatinosos que Elenita quemaba envolviéndolos en una hoja de periódico que encendía con un mechero de gasolina blanca. De esos papeles viles, cuando los estaba quemando, sacó Elenita a su Niño Jesús chamuscado. Unos cuarenta años tuvimos que esperar para que Elenita nos dejara de herencia la Virgen y el taburetico. ¿Por qué el Señor no quería llevársela? ¡Valiente pregunta tan boba! Porque el Señor es malo.

De mis últimos hermanos nunca doy cuenta porque apenas si los conocí. Nuestras camas eran muy pequeñas pues mi papá las mandó hacer para niños de suerte que cuando crecieran no cupieran y se fueran. Cuando no cupe en la mía y me quedaban los pies salidos durmiendo en el aire me fui. Una vez por la cuaresma regresaba a encontrarme más desastres: más hermanos, que me hacían volverme a ir. Lo mismo le pasará a la humanidad cuando los putos chinos, que ya no caben en China, nos invadan los Llanos

Orientales de Colombia, el Petén de Guatemala, la pampa argentina y la uruguaya, los desiertos norteños de México, la Luna, Marte, los mundos habitables que orbitan a Júpiter, la Vía Láctea... Después de Gloria y Marta, sexta y séptima en la lista, no tengo más hermanos. Los que vinieron luego fueron simples habitantes de mi excasa, marcianos. Si alguno he mencionado aquí, no existió, lo borro.

Aunque por un lado la paridora homicida quitaba, por el otro ponía. No cejaba en su empeño demográfico. Nacida en un planeta semivacío, vivió para poblarlo. Además ella era Rendón y no iba a dejar que se perdieran sus genes, su excelso molde. «Los Rendones son locos», decían. ¿Locos? No confundáis, gachupines zafios, gente obtusa, la locura del poeta con la taradez de los mongólicos. Y aquí me tiene, doctor, en este avión-consultorio contándole esta vida mía vacía que lleno peleándome con los muertos. ¿Me creerá que de los veinticuatro que fuimos solo quedo yo? Enterré al resto.

«¡La péñola! ¡La péñola!», pedía Octavio Paz urgido por la Parca. «¿Qué es, Octavio?», le preguntaban solícitos sus allegados. «¡La pluma, carajo, no voy a alcanzar!» Le trajeron un bolígrafo que tomó y de un tirón, en un suspiro, escribió «Un suspiro», su último poema. Dice así la despedida del aedo, y cito de memoria: «¡Ah!» El máximo homenaje que le puede hacer uno a un poeta es grabarse sus versos en el disco duro. Unos se dejan, otros no. Los de Octavio son muy fáciles: fluyen quietos.

Cambiar el diván del psicoanalista por un confesonario, y luego el confesonario por el avión-consultorio, ¿no se les hace genial? Felicitaciones, Arnaldo Flores Tapia, del Círculo de Viena, pionero de la psiquiatría aérea, el que cura en vuelo.

El mío es un olvido al cuadrado, newtoniano: se me olvida hasta lo que estaba tratando de recordar. ¿Qué desayuné? ¿Qué almorcé? ¿Qué cené? ¡Cómo me voy a acordar de qué desayuné, si todavía no desayuno! ¡Qué pinchurriento desayuno este de Avianca! Café frío, pan frío, mantequilla congelada. Miren el paquetico de mantequilla marca Alpina que ni se puede abrir. ¿Por dónde se destapará esta mierda? De tan fría quema.

—Señorita, ¿Avianca tendrá acumulación de millas?

—Por supuesto, señor.

—Pues están desprestigiando a Colombia milla por milla. La aerolínea más mala del mundo después de Air France.

Uno, Air France, la compañía de las azafatas mal cogidas, la del peor servicio.

Dos, mi cena se reducía a una manzana que suprimí porque el smog me basta: su poco oxígeno me pone a trabajar las mitocondrias de las células a ritmo lento y envejezco menos. Y su abundante carbono lo utilizo para reconstruir las paredes celulares.

Tres, primera condición de dos para figurar en mi *Libreta de los muertos:* que el vivo haya muerto. Segunda, que lo haya visto al menos una vez así sea un instante, pero no en el periódico o por la televisión: en persona. Tampoco puedo poner a los que solo oí, como al historiador Germán Colmenares y al novelista Guillermo Cabrera Infante, a quienes solo traté en una ocasión, por teléfono: «¿Cómo estás, Guillermo? ¿Ya cayó Fidel Castro?» «¿Y vos, Germán, qué me contás? ¿No se te hace un desastre la Historia de Colombia?» Así pierda dos muertos no los pongo en mi libreta, yo a la Muerte no le trampeo.

Caso distinto, complicadísimo, es el del doctor Rafael J. Mejía, del pueblo de Támesis como mi padre y su copartidario del partido conservador. A las dos de la madrugada de un día infausto, en el primer cuarto de la casa de la calle del Perú, entre las de Ribón y Portocarrero, barrio de Boston, ciudad de Medellín, República de Colombia, en la mitad exacta de la cuadra en que empieza la subida y a mano derecha subiendo fue él el que me trajo a este mundo. Como no se volvió a cruzar por mi camino me quedé sin verlo. Y es que los recién nacidos no ven: son como los perritos, defectuosos. Pues bien, no poder apuntar al doctor Mejía en mi libreta me quita el sueño. Me despierto en plena noche preguntándome «¿Lo pongo? ¿O no lo pongo?» ¿No estaba pues él a las horas que digo donde digo tomándome, jalándome, sacándome de la caverna infame por el canal infame cuando nací? Si los recién nacidos vieran, él habría sido lo primero que me habría traído a los ojos la luz: sus ojos cruzándose con los míos. Señora Muerte, ¿me permite poner al doctor Mejía en mi libreta aunque no lo haya visto? ¿No se enoja? Gracias. Me quita un peso de encima. Muy querida, como decimos en Antioquia. Con Mejía Rafael Jota ajusto setecientos cincuenta y un muertos que se dicen rápido pero que toman años de esfuerzos de la memoria y mucho amor. Anoto con amor hasta a los enemigos. No bien los voy registrando en la libreta y los empiezo a querer. He aquí la gran revolución del nuevo cristianismo, el que propongo yo: ama a tus enemigos, ¡pero muertos! ¡No haber pronunciado yo el Sermón de la Montaña y haber puesto a tiempo las cosas en su puesto! Hoy otra tonada nos cantaran. ¡Cuánto mal nos hizo Cristo aboliendo la Ley del Talión! Lo que procedía era perfeccionarla. La justicia retributiva de la ley sumeria siempre se quedará corta porque el hombre es malo por naturaleza. Nada de que un ojo por un ojo: dos por uno. Nada de que un diente por un diente: la dentadura completa. Y si de homicidio se trata, habida cuenta que el homicida no tiene más que una vida, paga con la suya y con la vida de su madre. En el estado actual de putrefacción generalizada es lo que procede. Aire falta. Sobran madres. Madre que pare, madre que desocupa. Que abran campo. ¡A tirarlas por la roca Tarpeya o por el monte Taigeto! El güevón de Cristo no hizo más que consagrar la impunidad en un mundo irredimible y putrefacto. Ya no cabemos. Hoy de quitar se trata, no de poner. Este gordinflón Bergoglio canonizó a Wojtyla, que le subió como un Houdini dos mil millones a la población del planeta. ¿Y a mí qué? ¿Me ha canonizado acaso? *Santo subito, santo in vita:* yo. Es lo que procede, Bergoglio, y deja de joder. No más persecución a los curas pederastas por hacerte ver, que Cristo también amó a los niños. Aconsejaba tirarlos al mar atados a una piedra de molino para que no sufrieran. Y que siga este avión su vuelo y a ver si no cae donde dijo el loquito de Galilea. ¿Dónde está, a propósito, mi salvavidas, que no lo encuentro bajo mi asiento?

—Cuando el avión vaya en picada, búsquelo. ¿Antes para qué? Por lo pronto haga un acto de fe, que es en la que vivimos instalados. Y siga con sus reflexiones interesantísimas. Algo muy profundo me revelan de mí mismo.

—Gracias, doctor, muy querido.

Elenita no tenía salvación, su desdicha era incurable. Era un cáncer metastásico. Murió ella, murió mi abuelo, murió mi abuela, murió mi padre, murió mi madre, murió mi hermano, murió mi hermana, murió mi perro, murió mi perra... Sintiendo el horror cósmico en la desaparición de cada individuo, hombre o animal, se me ha ido para siempre el sueño. ¿Qué hago?

—Tome Tafil. O sea alprazolam.

—¡Ay, por Dios! Ya me agoté la farmacia de la esquina. La dejé sin existencias.

—Sígase con la de la otra esquina. ¿Le doy una receta?

—Muy amable, muy querido, muchas gracias, doctor. Yo mismo me prescribo y me garrapateo mis recetas. Mire, ando con recetario propio. Me lo mandé a imprimir en México con un registro médico falsificado. Me costó doscientos pesos.

—¿A nombre de quién lo puso?

—De Laureano Gómez Castro, presidente que fuera de Colombia en mi niñez. Lo sacaron del poder con un golpe de Estado que le dio un policía, y tiempecito después lo licenció la Muerte. Hoy es un expresidente más de los muchos que llenan la Historia de Colombia con sus pedos y su ruido. Allá tenemos expresidentes hasta pa tirar p'al zarzo. Vivos y muertos. Unos que quieren volver, otros que ya no pueden.

Vamos anotando pues por orden lo que necesito decirle al doctor.

—Uno, mientras trato de recordar se me olvida qué se me olvidó.

—Ningún problema. Lo que importa es lo que sigue.

—Dos, mi abuelo oyendo las campanadas del reloj de Santa Anita. A cada rato lo veo, a cada rato las oigo.

—Cierre los ojos y no oiga. Deje que el abuelo y el reloj se los trague el Tiempo.

—El Tiempo es la Muerte, ¿o no?

—No. Esas son marihuanadas de Octavio Paz. El Tiempo es el Tiempo y la Muerte es la Muerte.

—Tres, la humanidad avanza retrocediendo.

—Eso sí. Hoy da un paso adelante, mañana otro atrás. Lo que ganamos por un lado lo perdemos ipso facto por el otro.

—Trece, me duele la cabeza.

—Un clavo saca otro clavo. Si tiene un dolor de cabeza inventado, invéntese una comezón en todo el cuerpo y adiós dolor de cabeza.

—¿Y con qué me quito la comezón?

—Para urticarias, depresiones y cefaleas, gastritis. ¿Le está ardiendo ya el estómago? Se curó de lo demás. Santo remedio.

—Y la gastritis, ¿con qué me la curo?

—Con omeprazol, pero le produce pérdida de la memoria.

—¡Con razón! Por eso estoy tan desmemoriado, porque tomo omeprazol. ¿Y cómo dejan vender esa porquería en las farmacias? ¿Para qué está el gobierno?

—¿También toma omeprazol? Usted no tiene remedio. Necesita que le reformateen el disco duro.

—Si es así la cosa, hágale, doctor, que yo me someto.

—Va a perder la personalidad.

—Poca más me queda con estos olvidos recurrentes, ¿o no?

—Perderá la poca que le queda, usted dirá.

—Que se pierda que a la hora de gastar se gasta. Estoy dispuesto a tirar la casa por la ventana.

—Necesito que me firme un papel.

—¿En blanco, o se lo lleno?

—Mejor en blanco y lo lleno yo. Y de una vez me firma tres hojas por si se me traspapelan.

—¡Pensar que tener un árbol en la casa hoy es un lujo! ¡Putas madres! Me llenaron esto de gente. Nacidos en el ruido, la deshonestidad y el robo, ¿qué se puede esperar de los jóvenes de hoy sino unos ladrones deshonestos y ruidosos? ¿Habrá forma de acabar con ellos?

—Con una bomba atómica. Prodúzcala en su laboratorito de recetas. Lo que ayer fue difícil hoy es fácil.

—Necesito un árbol en mi casa. Me hace falta ver verde.

—¿Para qué quiere más árboles, si tiene un parque enfrente?

—Quiero uno mío propio para tumbarlo cuando se me antoje.

—Vaya de noche al parque y tumbe el que se le antoje.

—Tienen cámaras de vigilancia.

—Desconéctelas, apáguelas, dispáreles.

—Hoy se me descompone el teléfono, mañana el computador, pasado mañana el interfón. El lunes la estufa, el martes la plancha, el miércoles el televisor... Salgo de una y entro en otra, me la paso arreglando cosas. La felicidad es pasajera, la desdicha recurrente.

—¡Y me lo dice a mí que me tocó la quema de libros en Viena cuando Hitler! Todo orden exige esfuerzo. Es ley de la termodinámica. ¿Y para qué quiere usted plancha? No planche que la ropa planchada ya no se usa. Use lino. ¡Y un hombre tan inteligente viendo televisión!

—Es para brindar cuando estalle la guerra atómica.

—No van a alcanzar a cacarearla. Usted va a pensar que explotó el tanque de gas en la azotea o que está temblando, y no. Es que se acabó todo.

—Mientras tanto reformatéeme el disco duro a ver si descanso un poco. Me deja los buenos momentos y los amores. Me borra los malos recuerdos y los odios.

—O todo o nada, así es el reformateo. El paciente queda cual tabula rasa. Además razone, piense, medite: no hay momentos felices sin desdichas. La desdicha mide la felicidad. Y si no hay odio no puede haber amor así como si no existiera el frío no existiría el calor. Todo sería parejo, como una carretera gringa, aburridísima. Los extremos se necesitan y se tocan. Es la ley ontológica que las abarca a todas. La ley de la heterosexualidad de los extremos. En ella cabe desde un antineutrino hasta un agujero negro, desde un eructo de Einstein hasta la electrodinámica cuántica de Feynman. ¿Le escribo la fórmula ontológica en el pizarrón?

—¡Y dele con las leyes, carambas! No hay más leyes que las del Congreso: las que emiten como ventosidades los padres de la patria, unos mantenidos hijos de sus putas madres. Ahora me saldrán con que Dios es bueno... Es lo más malo y prevaricador que haya parido en su ceguera la Nada Ontológica.

Enseguida de la finca de Avelino Peña, que limitaba con Santa Anita por el lado del barranco, vivía sola en una casita muy humilde una viejita que escasamente medía un metro con cuarenta y cinco centímetros y a la que le decían Menca, que quiere decir en lengua embera «pequeñita». En las tardes Gloria y Marta, de seis y cinco años respectivamente, se iban para el barranco, desde donde veían abajo la casita, de suerte que esta les quedaba a tiro de piedra. Pero en vez de piedras la bombardeaban desde arriba con guayabas verdes. «¡Salí, Menca! —le gritaban a la viejita—. Te vamos a comprar unos bluyines para que te tapés el pipí y el culo». Luego se arrimaban a la casita y le decían que hicieran las paces. Ella, muy humilde, les decía que sí y volvían a la normalidad, pero en el momento de la despedida les advertía: «Le voy a contar al doctor Vallejo». Creía que el doctor Vallejo era un doctor en medicina, y les decía a las niñas que le iba a consultar a ver qué remedio había porque se le rajaban las manos por el jabón de lavar ropa. Las niñas le explicaban que su papá no era doctor en medicina sino en leyes. Que si Menca quería una ley para ella, el doctor Vallejo con el mayor gusto se la hacía. Después se iban el par de hijueputicas a otras casitas campesinas y en un descuido de los dueños les agarraban unas gallinas, entraban a las casitas y como era diciembre, mes de los nacimientos o pesebres, se las aventaban sobre la pesebrera del pesebre, en la que San José y la Virgen esperaban al Niño Dios. En medio del alboroto y gran desastre que armaban las gallinas una de ellas, cacareando feliz su hazaña, les puso a sus dueños un huevo sobre la paja en que iba a nacer el Niño. Ahí la encontraron muy oronda los campesinitos empollando el huevo y de ahí no se dejaba sacar. La tuvieron que sacar voleando un palo.

Les tiraban guayabas a los camiones, a los carros, a los buses, a las motos, a lo que rodara. Se curaron las francotiradoras de esa maldad cuando un par de tipos caricortados se bajaron enfurecidos de una camioneta que traían atestada de pasajeros y salieron barranca arriba por la pendiente de Avelino Peña detrás de ellas. No las agarraron porque Dios es muy grande. Donde las agarren las matan.

—¡Sus hermanitas sí eran peores que ustedes los hombres!

—Peores no, doctor: mejores. ¡Claro, como a ellas les tocó el maíz pilado! Por eso llegaron tan lejos.

—¿Qué es maíz pilado?

—¡Cómo no va a saber, doctor, no se haga el bobo! ¡Ay, tan pinchado, porque estudió en Austria!

—Por lo visto no conocían ustedes la compasión por los pobres.

—¡Qué remedio! Vivíamos en plena guerra de clases. ¡Qué época tan difícil, por Dios! La vida de hoy es un lujo... A los culicagados de ahora les tocó el maíz pilado...

—¿Y por qué las niñas tiraban guayabas en vez de piedras?

—Por conciencia ecológica. Porque allá las guayabas se dan más que las piedras. Piedras no hay más que las que ya existen en el planeta. En cambio las guayabas son un bien renovable.

También le tiraban de ese bien renovable a un niño negro y muy pobre que vivía en una casita destartalada al borde de la carretera yendo para Sabaneta y le gritaban: «¡Salí Niño Jesús de Praga del Chocó!» El Chocó es el departamento negro de Colombia, donde solo se conoce el blanco por la leche. De vaca, quiero decir.

—Entonces ustedes también eran racistas.

—Racistas no, doctor. Blancos.

Definitivamente don Avelino Peña sí era muy feo: de ojos saltones, ceño fruncido, boca trompuda, dientes salidos, genio del Putas. ¡Qué señor tan bravo, por Dios! ¡Cómo se lo aguantaría su mujer! Ah, no, ya me acordé: era soltero. Con sus vecinas las de la finca de Las Brujas no se llevaba. Él tenía cuatro cuadras, ellas una. Pues les corría el cerco para robarles dos metros. Abusaba de las dos pobres brujas porque eran mujeres y cojas, y no se quitaba el sombrero ni cuando pasaba delante del Corazón de Jesús. ¿Sería calvo como el abuelo? «Abuelita, ¿por qué el Diablo deja que don Avelino abuse de sus vecinas, si son brujas? ¿No se van pues con él al aquelarre a chupar trasero?» «¿De dónde sacaron eso, zumbambicos?», preguntaba escandalizada la abuela. «Ovidio nos contó». Por encargo del mismísimo Corazón de Jesús, que se sentía muy ofendido, le tocó a Carlos, nuestro futuro orgullo, el más grande alcalde que habría de tener Támesis, ajustarle cuentas al irrespetuoso y abusivo endriago de Avelino Peña. Reuniéndonos a todos Carlos se la sentenció: «Me las vas a pagar, viejo maldito. Me voy a vengar. Te voy a matar», dijo y besó una cruz que se hizo con el pulgar y el índice derecho. ¡Uy, qué terroríficas palabras, me dan miedo! Lo único que sí le pido a Dios en Colombia es que no me sentencie un particular. «No lo matés, Carlitos, que él no te ha hecho nada a vos. El Corazón de Jesús no es vengativo. Y a las brujas no les robó sino dos miserables metros. Te van a meter a la cárcel», le advertíamos, le implorábamos. «¡Que me metan! Papi me saca». Y que cuando ya no estuviera el maldito viejo, tumbábamos el cerco de alambre de púas que marcaba los linderos de las dos fincas y le agregábamos La Peña a Santa Anita. «Cuatro cuadras de la una más cuatro cuadras de la otra, ¿cuántas dan, Alvarito?», le preguntaba el vengativo al benjamincito. «A ver —decía el hijueputica contando con los dedos—. Una, dos, tres, cuatro, cinco, seis, siete, ocho. Ocho». «¡Claro, multiplicar es sumar! ¡Qué niño tan avispado! ¡Qué familia tan inteligente! ¡Con razón el doctor Vallejo se siente tan orgulloso de sus hijos! Con ustedes está sobrado en la vida», decían los vecinos. Y ahora sí, no bien dejemos atrás este cúmulo negro de nubes, paso a explicar el real motivo de la venganza de Carlos. Uuuuuuuuuuuu. Nubes quédanse atrás, continúase el relato, prosigue el narrador encaminado, desatado, en vuelo recto como una flecha.

De las cuatro cuadras que tenía don Avelino, tres las había sembrado de naranjas ombligonas, que cultivaba con amor. No sé si las conozcan. Muy ricas, muy jugosas, deliciosas. Con un ombligo hermoso, como de Madonna. La entrada a La Peña, lúgubre y sombría, pasaba por la de Las Brujas, sombría y lúgubre. Un doble riel de cemento bordeado de sauces llorones llevaba a ellas. «¿Y los sauces por qué lloran, abuelita? ¿De miedo?» Solo un varón de corazón de león se atrevía a subir por esa pendiente empinada y entrar a esas propiedades ajenas, amenazantes, tenebrosas: Carlos. Pues un día sí y otro también se le metía a don Avelino a su propiedad a comérsele las ombligonas, las niñas de sus ojos. De tanto ir el cántaro a la fuente se rompe y así le pasó a Carlos, el viejo lo agarró y le dio una zurra: «Tené, culicagado, para que aprendás». Y le zumbaba un zurriago en las nalgas. «Ay, me dijo culicagado, me dijo culicagado», se quedó repitiendo Carlos como disco rayado en su corazón dañado.

Breve pausa para presentar a Catusa, la perra de la abuela: más mala que Caín, no se le arrimaban no digo los pobres de Las Casitas, que le tenían terror, sino ni las mismas ratas de Santa Anita que desayunaban gatos. Causaba pánico. Por eso la abuela ¡qué gato iba a tener! Durante esta breve pausa que les digo Carlos aprovechó para recoger las piedritas más bonitas y redondas del cascajo de la entrada a Santa Anita, las más blanquitas, y las aceitó, las metió en un costal, y con el costalado de piedras relucientes, aceitadas, blanquitas volvió a subir por los rieles de la entrada lúgubre y sombría hasta la entrada de La Peña, donde las fue colocando, con devoción y embeleso, hasta formar un hermoso tapiz de piedras blancas. A volver don Avelino de Envigado, adonde había ido a vender unos marranos, exclamó asombrado: «Ve, qué piedritas tan bonitas, tan redonditas, tan blanquitas, nunca las había visto. ¡Eh ave María, yo sí soy muy distraído!» No, don Avelino. La distracción ocurrió cuando usted caminó sobre las aceitadas y redonditas y blanquitas piedritas y se resbaló y cayó y se rompió el fémur.

¡Tas! ¡Tas! ¡Tas! ¿Quién vendrá? ¿Quién será? ¿Quiénes serán? ¿Las dos cojinetas de Las Brujas entrando a Santa Anita por la carretera de cascajo? Ya sabíamos que la una cojeaba del pie izquierdo y la otra del derecho. Que la una tenía un bastón y la otra una muleta. Y que caminaban como un dúo de percusionistas méndigos. «No. No son dos los que vienen. Viene uno solo». Y apareció el que venía solo: don Avelino Peña, furioso, enyesado, caminando en muletas. «¿Dónde está don Leonidas?», preguntó como un energúmeno. «El abuelito se fue a Envigado a vender unos marranitos», contestó Manuelito. «Miente —replicó desesperado el viejo, como si le ardiera el culo por comer ají picante—. Yo era el que estaba en Envigado vendiendo unos marranos, no él». «Ah...», contestó Manuelito. «¿Quién puso las piedras aceitadas en la entrada de La Peña?», preguntó enrojecido por la furia, brotándosele las venas del cuello. «Yo no fui», dijo Silvio. «Yo tampoco», dijo Carlos. «Díganle a don Leonidas que suba a La Peña para que hablemos. Y me voy». Y se fue, mas no por largo trecho. «Azuzale a Catusa, azuzale a Catusa», le susurraba Silvio a Carlos, que la tenía cerca. Y Carlos: «¡Us! ¡Us! ¡Mordelo, Catusa! ¡Mordelo, Catusa! Vaya pues mi amorcito». Parte en carrera veloz su amorcito, alcanza a don Avelino llegando a la portada y ¡zas!, se le pega de una nalga. Tratándose de zafar de la perra cayó don Avelino y al caer se le cayó el sombrero. ¡No era calvo! Tenía una cicatriz sesgada desde el occipital al temporal, una chamba fruncida a la diabla: la de un machetazo que le pegaron en la cabeza cuando era joven, por malo. «¡Ah, sí ven que aquí en la Tierra no se queda nada impune! —comentó Glorita—. El de Arriba todo lo ve y lo castiga».

¡Qué propiedad de lenguaje en una niña tan pequeña! Semejantes frases no podían ser suyas. Se las debió de haber oído a alguien. ¿Pero a quién? Pues a la Madre Superiora, la gran gorrona, la mandamás del Colegio Santa Clara de Asís de las monjas franciscanas donde estudiaba con su hermana Marta. Voy explicando por partes. Se les decía *gorronas* en mi vieja Antioquia a las religiosas que se dedicaban a la educación de las niñas por el cornete que llevaban a modo de toca de loca en la cabeza. ¿Qué es un cornete? La Real Academia Española de la Lengua dirá. Que lo incluyan en la próxima edición de su *Diccionario* porque falta. Y no tiene que ver con huesos ni fosas nasales, ¿eh, señorías? Se informan primero y entonces sí pasen a lexicografiar las cosas. De todos modos ustedes no nacieron para eso. Dedíquense a incensar reyes.

Esclavas del Señor, las gorronas lo eran también del sexo. Pero no del del Señor, ¡Dios libre y guarde! De ése no. Del otro. Muy cornetudas ellas, muy de pipí cogido las unas con las otras, muy estrictas, muy hipócritas, muy malas. Tocas de beata, uñas de gata. Más crueles con las niñas que los salesianos con nosotros. «¡Putas!», les dijo una vez Lía, quien jamás midió sus palabras. «No mami, las monjas no son putas, son lesbianas». «¿Y eso qué es?», preguntó la desinformada. «Preguntale a Ovidio». ¡Cómo es posible que una mujer que concibió, parió y malcrió a veintitrés vástagos no supiera qué es una lesbiana! ¿Y si le salía una hija así, qué? ¿Se hacía la desentendida o qué? No Lía, así no se puede, lo tuyo es irresponsabilidad pura y simple. Viviste en el Siglo Veinte, dos después del de las Luces, pero instalada en la oscuridad medieval. Así como hay brujas, Lía, también hay lesbianas. Siempre ha habido. Usualmente no se ven, pero ahí están. Abrí bien los ojos que son medio transparentes.

Pues bien, las gorronas del Colegio Santa Clara de Asís tenían una camioneta en que recogían por la mañana, y las repartían por las tardes, a las niñas ricas, que eran su clientela. Estudiaban Gloria y Marta en el Santa Clara de Asís por dos razones: porque eran niñas y porque eran ricas. Paraba la camioneta a las siete en punto de la mañana frente a la casa de las niñitas ricas del barrio de Laureles y las recogía para llevarlas al colegio. Salían las dos hijueputicas recién bañadas, relucientes, inocentes, con sus maleticas de los útiles terciadas de pecho a espalda como bandoleras. «¿Qué traen ahí, niñas?» «Cuadernos, lápices, plumas, tinta: los útiles». «¿Y nada más?» «Nada más: puros útiles». También traían, además de los útiles, un gran clavo, el cual también, en caso de necesidad, puede ser útil. Con ese clavo utilísimo, en un descuido de las monjas, del chofer y de las demás niñas, escribieron las dos ricachoncitas en las latas recién pintadas a soplete de la camioneta dos palabras en mayúsculas de imprenta: PEDO y PUTA. Les dio un patatús a las monjas cuando las vieron. ¡Qué vulgaridad! ¡Y lo que nos costó pintar la camioneta! ¡Y con esta sequía de donantes por la crisis! Haciendo de tripas corazón, a las dos pes iniciales les agregaron una diagonal, de suerte que las groserías quedaron diciendo REDO y RUTA. Lo de la ruta estaba muy bien, aunque no se aclaraba cuál, si la 1, si la 2, la 3, la 4, etcétera. ¿Pero lo de «redo»? «Hermanita —preguntaban muy inocentes las hijueputicas—: ¿Por qué no dice ahí qué ruta es?» «Porque se entiende que es la uno —contestaba la gorrona—. El numeral ahí sobra». «Ah... ¿Y "redo" qué es?» Pensaba durante un minuto, desconcertada, la gorrona, y finalmente contestaba: «Es la abreviatura de "enredo"». «Ah, claro, ¡qué enredo!» Cuando las palabras PUTA y PEDO empezaron a aparecer escritas en las paredes de los sanitarios, de los salones de clase, de los patios, de la capillita incluso, las hermanas del Santa Clara de Asís reunieron al colegio entero y tronaron: «La pared y la muralla son el papel de la canalla. La que anda escribiendo en las paredes dé un paso al frente». Inmovilidad total pesando sobre el silencio. O mejor dicho al revés: silencio sobre la inmovilidad quieta. Nadie sabía nada, nada se movía, ni una hoja, no espejeaba el sol en las partículas de polvo, no zumbaba una mosca. Desconcierto. Miedo. «Ah, ¿no van a decir? Pues aquí abajo en la Tierra no se queda nada impune. El que Todo lo Sabe y Todo lo Ve desde Arriba va a castigar a la vándala con el Fuego Eterno». Como está clarísimo, la Madre Superiora erraba por partida doble. Uno, si la pared y la muralla eran el papel de la canalla, bien podían escribir entonces las niñas lo que quisieran en las camionetas, que no son ni paredes ni murallas. Y dos, El que Todo lo Sabía y Todo lo Veía desde Arriba ni sabía tanto ni veía tanto porque no era una sola vándala sino dos. «Despreocupémonos, Martica, del asunto», dijo Gloria. Y se iban las dos vándalas tiradoras de guayabas muy campantes a su casa, la del que las trajo a este mundo, el doctor Vallejo.

La palabra «pedo», del latín *peditum* y que quiere decir lo mismo que el *crepitus ventris* que llegó a ser todo un dios de los latinos, tiene tres mil años, a saber: mil de la lengua española; mil más que la preceden hasta llegar a Cristo; y otros mil antes de Cristo, cuando Rómulo y Remo se pegaron de la ubre de la loba. Fue de César, de Cicerón, de Cervantes y está instalada en el alma misma de este idioma, ¿quieren más? Cuando Gloria y Marta la escribieron en la camioneta de las gorronas (y en mayúsculas como se escribía el latín, y con clavo grande cual dificultoso cincel que graba en mármol) estas niñas geniales no hacían más que dejarse llevar por la corriente prístina y primigenia de su lengua. Urge que la UNESCO declare la palabra «pedo» patrimonio de la humanidad. ¡Cómo no iban a tener razón los vecinos! ¡Claro que el doctor Vallejo estaba sobrado con sus hijos!

Cuando se cruzaban las niñas del Santa Clara con las monjas, acompañando las palabras con leve inclinación de cabeza las saludaban diciendo: «Alabado sea Jesucristo madre». Como no hacían pausa entre «Jesucristo» y «madre», sonaba como si Jesucristo fuera una mujer. Los monjes cistercienses (así llamados por los cisticercos que tienen en el cerebro y los intestinos por comerse a los animales) se saludan así: «Hermano, de morir tenemos». Y se contestan: «¡Ni chimbo ni culo vemos!» «Chimbo» no figura en su *Diccionario,* señorías. ¡Miren no más a estos Houdinis, escamoteando el palo duro de donde vienen!

En cuanto a las monjas del Santa Clara, contestaban al saludo de las niñas diciendo: «Siempre alabado». Una mañana en que Glorita saludó a la Madre Superiora con el consabido «Alabado sea Jesucristo madre», Martica se apresuró a contestar: «Amaneció cagado», y las expulsaron del colegio. Más tarda en caer un mentiroso que un cojo. Se apresuraron a llamar por teléfono: «¿Qué pasó, doña Lía, están enfermitas las niñas?» «No», contestó ella seca. «La camioneta va en camino por ellas». «Bueno», y les colgó. ¡Claro, cómo no iba a ir la camioneta por ellas si al doctor Vallejo lo habían nombrado de senador ministro!

Todo en el Santa Clara de Asís parecía coreografía de Corea del Norte. Las niñas, de pies a cabeza, de zapatos a diademas, uniformadas. Con el mismo bolso, la misma diadema, la misma falda, la misma blusa, la misma tinta, los mismos cuadernos, los mismos encabadores... Y no me vayan a salir ahora, señorías, con que no saben qué es un encabador: una pluma metálica que se enchufa en un palo, ¡carajo! La tinta tenía que ser Parker, la más cara. «¡Ay, qué gorronas tan pinchadas! —decía Lía la ahorradora—. Ustedes lleven tinta Norma, que es más barata». Se echaban a llorar las dos niñas porque sus compañeritas y las monjas iban a pensar que eran pobres. «Que piensen lo que quieran, que su papá, niñas, será ministro pero no ladrón. Y bajen a la cocina a hacerme un jugo de naranja sin azúcar y con banano picado que se me está bajando el potasio». De noche, mientras dormía el señor ministro, las pobres niñas le tenían que sacar de la billetera con qué comprar tinta Parker.

También Manuelito estudió en el Santa Clara. Un año. En kínder. Una de las cornetudas lo pellizcó y le dejó un moretón en el hombro. «Y no vayas a contar, mico solapado», le advirtió. El niño no contó, pero cuando Lía le cambió de camisa y vio el moretón se dio cuenta de lo ocurrido y corrió al Santa Clara de Asís hecha un tití: «¡Putas!», les espetó. Un tití, señorías, es un mono platirrino pariente de los micos: el animalito más bravo que haya parido la jungla colombiana. Más que Cristo sacando a fuete a los mercaderes del templo. Después de tratarlas de putas, y para que no le explotara la olla a presión que tenía hirviendo adentro, al salir le dio una patada en el culo a la Santa Clara de Asís que tenían instalada en la entrada las cornetudas. A los curas de la iglesia de la Consolata, cuando veía desde el atrio el montón de filas ante los confesonarios atestados por culpa de la Semana Santa, les gritaba antes de entrar: «Y me atienden ya, maricas, que tengo diez hijos y un sancocho pitando en la olla Presto». «Pase, pase», le decían los curas, que le tenían pavor, y los que esperaban resignados en las colas se hacían a un lado abriéndole campo. Hagan de cuenta un charco de agua cuando le pasa encima un carro. ¡Ah no! Como a un acuchillado que traen en camilla a la Policlínica de Medellín medio decapitado. Parecía cuestión de vida o muerte. «Dígame sus pecados», le decía el cura. «¿Pecados yo? ¡Con quién cree que está hablando! No tengo», contestaba. «¿Y entonces a qué viene?» «A que se entere». Se levantaba y se iba. Matar a Elenita por lo visto para esta santa no fue ningún pecado porque antes le había consultado a Dios. El de la Inteligencia Suprema, su Consejero, el «Señor Dios de los Ejércitos» como lo llama Isaías, siempre estuvo en deuda con ella por los muchos soldados que le había dado para sus Fuerzas Armadas.

Para terminar con el Santa Clara, un episodio conmovedor, el único. Vino a Medellín de Europa en visita de inspección la Madre Superiora de la orden, la cual tiene su sede en Suiza, y las monjas antioqueñas la recibieron con bombo y platillo y el colegio reunido en pleno. Por demagoga y cobera la madre suiza se puso a cantar en mal español el Himno Nacional de Colombia. Cuando terminó, la madre colombiana les hizo un gesto a sus niñas, y cual una sola almita limpia y pura rompió el colegio a cantar en el más correcto alemán el *Rufst du, mein Vaterland,* el Himno

Nacional de Suiza. La monja suiza se echó a llorar. Veee... Y yo que siempre pensé que curas y monjas no tenían más patria que el cielo.

Lía, mujer genial, no murió en el catolicismo: se volvió evangélica. Ya al final, con la Muerte pisándole los talones, soltaba versículos de la Biblia a diestra y siniestra, como incensando un cuarto lleno de demonios. Se deshacía en el «Dios es amor» y el «Cristo te ama» y zalamerías de esas. Después su naturaleza colérica la empujaba al otro extremo y citaba del libro de Isaías estas palabras del Altísimo: «Y a tus opresores les haré comer sus propias carnes y se embriagarán con su sangre como con vino nuevo. Y mamarás la leche de las naciones y la del pecho de los reyes y entonces todos sabrán que yo, el Señor, soy tu Salvador y tu Redentor, el poderoso de Jacob». ¡Qué puta obsesión por la carne la de ese carnívoro de Jehová! ¡Y qué mamadera! ¡Como de marica en *dark room* de baño turco!

Para terminar con las monjas del Santa Clara. Le mandaron a Lía con Martica, en uno de sus cuadernos para que la firmara, una nota quejándose del comportamiento de la niña. Al día siguiente, no bien bajó Martica de la camioneta de reparto, corrió una monja a preguntarle si sí les había firmado la nota su mamá. «Sí, hermanita», contestó la niña. «Muéstrame tu cuaderno a ver», le pidió la monja. Martica le mostró el cuaderno y seguía tal cual, virgen de firmas de mamá, intocado. Con severo tono y estas palabras la reprendió la monja: «Cuando te vayas a confesar le dices al padre: "He mentido, he mentido, he mentido"».

—Eso le digo yo a usted ahora, doctor: He mentido, he mentido, he mentido. A mí mismo y a los demás. A usted, a mis papás, a mis hermanos, a mis amigos, a Cristo. Soy la Mentira encarnada en ser humano que camina en dos patas. Nunca he dicho la verdad.

—Todo depende de donde se vea la cosa. Si dice que ha mentido siempre, entonces por lo menos ahora está diciendo la verdad.

—Tiene razón, padre.

—No me diga padre, que no soy cura: soy psiquiatra. Con consultorio en la calle de Diógenes Laercio así vayamos ahora en un avión.

—Bueno, doctor.

—Acabe pues con su mamá. ¿Qué sigue?

Se iba desatada al centro a comprar retazos en La Parisina para hacerles ropita a sus hijitos y economizar ya que gracias a Dios su marido, el gran pendejo del ministro, no robaba. ¡Qué no hacía cuando salía sola a la calle! Un peligro para ella y los demás. Se montaba en un bus de Laureles por ejemplo. En los buses de este barrio de ricos viajaba gente disímil: blancos y negros, zambos y mulatos, necesitados y pudientes. No como en los de los otros barrios de Medellín, que llevaban gente uniforme: feos, patizambos, mendicantes. ¡Qué horrorosa es la pobreza! ¿Por qué habrá hecho Dios a los pobres? ¿No dizque es tan bueno? Eh ave María, si a esa cosa llaman «bueno», ¡cómo será Satanás!

Subía pues la matrona al bus, echaba un vistazo y soltaba esta perla: «¡Abran las ventanillas, carajo, que el aire no cuesta!» La miraban como caída de Marte. No la mataban porque cuando los pobres están entre ricos se cohíben. Donde se hubiera montado en un bus de Aranjuez, ¡ay! Huérfanos habríamos quedado desde chiquitos. No. El Señor en sus Designios Inescrutables dispuso las cosas de otro modo: Lía dejó huerfanitos de cuarenta, de cincuenta, de sesenta, de setenta, de ochenta años; nietos de treinta; bisnietos de veinte; tataranietos de teta. «¡Ay, se le murió al bebecito su tatarabuela! Quedó el angelito destatarabuelizado».

La fierabrasa Catusa alcanzó a morder a una veintena antes de que nos la envenenaran. La enterramos al borde de la carretera de entrada a Santa Anita, cerca al carbonero. Durante meses la lloramos. Y cuando veníamos a la finca los fines de semana lo primero que hacíamos, antes incluso de orinar, era correr a su tumba a llevarle flores. Le pusimos una sobria cruz de madera, sin el hippie ese que le montan encima.

¿Dónde dejé a Lía? En un bus. ¿De ida o de vuelta? De ida, a comprar telas en La Parisina. A ver si vuelve viva. Montarse en un bus en Medellín es una experiencia inolvidable. Se ven robos, asesinatos, manoseos, de qué hablar. Va uno adentro tranquilo, sentado, en sus meditaciones, y le arrancan las gafas desde afuera o le disparan por la ventanilla. Infaltablemente suben mendigos a vender bolígrafos, chicles, condones... «Tengo hambre, tengo hambre —dicen los hijueputas—. Colabórenme para no tener que robar ni matar». Qué terrible verbo es «colaborar» en Colombia. El que no colabore, ¡ay de él! Despídase de esta bella vida. Allá tienen la semántica trastrocada. Pregunta uno, por ejemplo: «¿Conoce usted al padre Pérez?», y le contestan: «No lo distingo». Como si el padre Pérez fuera una vaca que uno les estuviera mostrando allá en la lejanía en la montaña. O la letra E del tablero de mi optómetra. «¿Qué letra es esta?» «La veo como una B». «Es una E». «¿No me le puede aumentar un poquito el tamaño?» «Es la letra más grande del tablero». «No la distingo». Y ahora nadie volvió a oír, todos escuchan.

—En lo que a mí respecta, doctor, ni veo, ni oigo, ni escucho, ni distingo. Me estoy desconectando poco a poco.

¿Cómo se montaba Lía en esos buses? ¿Cómo regresaba viva? Yo no sé, Dios es muy bueno. Ah, pero si uno les da una monedita a los hijueputas, le salen con que «Mi Dios se lo pague». A mí, con lo que llevo toreando almas, no me ha pagado nunca un centavo ese Viejo. Más paga Serbia lo que debe.

El primer teléfono del sector de Santa Anita lo instalaron en la finca San Fernando, por los lados de Palenque: entre la cantina Bombay y la fábrica de manteca Gravetal, por si conoce. El segundo teléfono lo instalaron en Santa Anita y se fue llenando la finca de gente. Todo el que pasaba por la carretera entraba: «Doña Raquelita, ¿me presta el teléfono?» Y los pobres de Las Casitas igual, entraban a pedir teléfono o a venderle a la abuela lo que fuera: empanadas, buñuelos, bocadillos, velitas... ¡Uf, qué asco! O a pedir plata prestada: «¿Me presta, doña Raquel, cien pesos para el cumpleaños del niño?» Ya ni «doña Raquelita» le decían; a medida que fueron invadiendo la finca le fueron quitando el diminutivo. En Colombia los pobres viven convencidos de que la caridad de los ricos es una obligación para con ellos estatuida por Dios. ¿Serán también así los de Serbia? Las velitas que digo no eran de las de alumbrar sino unas barritas de dulce de leche empalagosas, pegajosas, tumbadientes. Y el «me presta» era «me regala». Se apoderaron después de la portada instalando ahí sus puestos de venta y un retén, y cuando llegábamos en el carro les teníamos que pagar peaje o no entrábamos. ¡Y el altoparlante! Retumbando día y noche en Las Casitas y con bocinas accesorias en los postes de la luz de la carretera. A la vanguardia siempre nosotros, tuvimos discoteca antes que los Beatles. Y nos dedicaban canciones: «A doña Raquel, por caritativa». Y le ponían «La araña»: «La araña te va a picar, agárrala por detrás. La araña picó a Gustavo, agárrala por el rabo».

El niño Álvaro (el benjamincito de entonces al que siguieron otros doce benjamines más) era muy solitario y jugaba solo. No se entendía bien con la humanidad. Sin embargo tenía gestos bondadosos. Por ejemplo, repartía maní entre los que iban a Santa Anita a visitar a la abuela. Metía el maní en un cucurucho de papel con tapa que abría y cerraba, abría y cerraba: «Para usted. Para usted. Para usted», iba diciendo y repartiendo maní como cura dando de comulgar hostias consagradas. Pues bien, tras de la invasión de Santa Anita por la pobrería, en vez de maní el niño Álvaro empezó a repartir de su cucurucho avispas negras culonas. «Saque su maní, bien pueda». Metían la mano al cucurucho, sacaban uno y «¡Ay!», pegaban el grito. Los había picado un maní. Al rato venía una de esas pobretonas siempre entamboradas, con la niña picada, que traía toda llorosa caminando a su lado tomada de la mano. «Doña Raquel, ¿no me da hielo que a la niña la picó una avispa y mire cómo se le hinchó el bracito?» ¡Qué mal te hicimos, Dios, para que nos mandaras esa plaga! ¿Ir a misa todos los domingos a tu iglesia de Envigado con el abuelo y la abuela a las cuatro de la madrugada a oler incienso y pedos? De ahí me empezó una alergia que me duró veinte años. Chorros y chorros y chorros de agua me salían de las narices como manantiales. En esa iglesia tuya, Señor, durante esas misas tempraneras carraspeaba todo el mundo, y montadas en las nubes del incienso que te soplaba el cura iban subiendo hacia Ti las emanaciones intestinales de tus feligreses: amoniaco como el de las vacas, que contamina más que el CO_2 que le dejó la capa de ozono al planeta más rota que culo de marica.

Contrató Lía a una empleada de servicio del pueblo de Yolombó, de donde vino a Medellín con su hijita, una niña muy negrita. El niño Álvaro colgó una muñeca de dos cables de la luz pelados, y cuando la niña trató de tomarla cayó al suelo fulminada, aunque no murió: se levantó llorando del susto, y la mamá al oírla corrió a donde estaba, y sin averiguar qué había pasado le aplicó a su negrita su buena tunda en las nalgas. ¡Qué tiempos tan difíciles, por Dios! ¿Nos estaría probando el Altísimo como al santo Job?

«A las mujeres no se les pega ni con el pétalo de una rosa», nos enseñó papi. En consecuencia a Gloria y Marta no les pegábamos con el pétalo de una rosa: las cascábamos con un palo. «¡Para que aprendan a obedecer, culicagadas!» Otra cosa: ¿para qué tanto colegio, si ya íbamos todos aprendidos? ¿Si desde la casa del barrio de Boston donde nacimos aprendimos a sentarnos en la bacinica? ¡A cuántos no les enseñé yo! Al dos, al tres, al cuatro, al cinco, al seis, al siete, al ocho... ¡Qué imagen tan enternecedora la de un niño sentado en el humilde bacín! Por ahí empiezan, y andando el tiempo llegan a presidentes o papas. La bacinica del presidente de Colombia es Colombia, y la del papa la humanidad.

—No más. Basta. Deje esa obsesión octaviana. La bacinica es la bacinica, Colombia es Colombia y la humanidad es la humanidad.

—Tiene toda la razón, doctor.

Además no hay que confundir la humanidad con el individuo ni la bacinica con el inodoro. El gran salto de la humanidad fue para bajar del árbol, y el del individuo es para subir al inodoro desde la bacinica. Una bacinica me la puedo poner yo de sombrero, un inodoro no. Y la Historia de Colombia, sus dos siglos interminables, se agota en la lucha por los puestos públicos de una horda de desempleados acaudillada por unos ambiciosos de poder. De poder cagar alto. ¡Ilusos, infectos, putrefactos! «Te acuclillarás como un perro en descampado a aliviarte de la porquería que eres», dice el Génesis. Del descampado del Génesis, o de un rastrojo de los solares de las casas de Colombia, pasó el país de los monos platirrinos a la bacinica y finalmente al inodoro.

Una cosa sí te digo desde esta volante tribuna, paisuchito alzado: a mí no me vas a joder.

Anoche volví a ver a Darío. No puedo decir dónde porque se me borró el lugar. Lo encontré cabizbajo y decaído. «¿Te sentís mal?», le pregunté y le toqué la frente y tenía calentura. «Te voy a dar una aspirina para que se te baje la fiebre y un antibiótico por si es una infección bacteriana». «Ahora no porque tengo una cita en la peluquería», me contestó. ¿Cita en una peluquería? ¡Cuándo ha habido que sacar citas en las peluquerías en Colombia! Mientras buscaba en mi maletín, desesperado, alguno de los antibióticos que me venden con mis recetas en las farmacias me desperté. «¡Y para qué le doy antibióticos a Darío, si está muerto!», me dije sintiendo una opresión muy fuerte en el pecho, como si me fuera a morir.

—¿Y yo qué estoy? ¿Vivo? ¿O muerto?

—Eso se lo tiene que contestar usted mismo. Si está vivo, se da cuenta. Y si está muerto, no.

—Gracias, doctor, usted es mi paño de lágrimas.

—Llore, llore que le hace bien. Las lágrimas liberan.

—Y sobre todo no cuestan, como diría Lía. Caro lo que me cuesta el psiquiatra. «Entre psiquiatra y Tafil, más uno que otro garbanzo los domingos, consumían las tres quintas partes de su hacienda», dirán mis biógrafos. Ojalá se cayera este avión.

—No diga eso. Toco madera.

—No me vaya a poner «Sabor de engaño» cantado por Eva Garza porque entonces sí me le voy a morir deshidratado por los ojos.

—Ahí le va. Oiga, escuche.

—¡Cómo no va a ser más bella esta preciosura que el diarreico Bach! A mí que me den boleros y que se queden con sus «Bodas de Fígaro».

—Son de Mozart.

—Que lleve también del bulto Mozart. Mire, mire cómo serpentean abajo los ríos de Colombia por entre las montañas.

—No sé cómo con tanta montaña no se les encoge a ustedes el alma.

—Espérese a llegar. Me dice cuando aterrice.

Afortunados los hijos del doctor Vallejo porque tuvieron papá. En las comunas de Medellín los niños son como los terneros, solo tienen vaca. «Papi —le decíamos—, necesito para un encabador». «Tome, m'hijo». «Necesito para tinta Parker». «Tome, m'hijo». «Para unas gafas». «Tome, m'hijo». «Me duele el estómago». «Ya viene en carrera el médico a atenderlo. Para ir ganando tiempo, m'hijo, se mete por detrás esta buscapina». Además de papá tuvimos también abuelo, abuela, Elenita, Ovidio. «¿Quedó llenito, m'hijito?», preguntaba la abuela después de servirnos de a cuatro platones por cabeza. «No, abuelita». «Llene con agua». ¡Qué niñez tan desgraciada la nuestra! Mandándonos a llenar con agua... Y esas trifulcas incesantes, esas batallas campales de todos contra todos...

—Entonces no se querían.

—Si no nos hubiéramos querido, nos habríamos matado.

Prácticamente no tuvimos mamá. Paría un hijo la matrona y lo dejaba. Paría otro y lo dejaba. Una madre debe estar día y noche al pie del cañón. La que me cupo a mí en suerte nunca lo entendió. «Tráiganme lo uno, tráiganme lo otro, corran por el niño, siéntenlo en la bacinilla, bajen a la cocina, súbanme un jugo, pónganle azúcar, quítenle azúcar, sopa de verduras, mejor de lentejas, quedó muy simple, quedó muy salada», gritaba desde su centro de control en el segundo piso la demonia. «¡Se me bajó el potasio! ¡Qué va a ser de ustedes cuando me muera!» ¡Qué se iba a morir! Prometía y no cumplía. Jamás le cupo en su obtusa testa de madre anómala que primero son los hijos y después la que los parió. Primero come san Agustín; y si algo queda, come santa Mónica.

¡Ah con esta búsqueda de la felicidad tan necia la de los humanos! ¿Cuándo han visto a una vaca corriendo tras ella? Curado de ese embeleco desde mi infancia, en la que todo esfuerzo iba encaminado a la supervivencia, desayuno café negro ascético, almuerzo aire ascético, ceno un tentempié ascético, y si el domingo cae en día de difuntos, me doy mi banquete luculesco de tres garbanzos, del que ya ha de haber hablado mi biógrafo. Carne no como, soy vegetariano. Mis perras sí, mis perras no. Tienen instalada en las neuronas la inconsciencia perversa del carnívoro Cristo. Me imagino a este ictiófago a la orilla del mar de Galilea comiéndose los pececitos que hizo su papá el Padre Eterno, royéndoles las espinas dorsales hasta dejarlas como peines para tumbarse después los piojos.

Los pecados capitales son humildad, generosidad, caridad, castidad, paciencia, diligencia y templanza, siete. Las perras de mi vida, seis: Argia, Bruja, Kim, Quina y Brusca más Catusa, la perra de Santa Anita de quien ya hablé y a quien también quise aunque ella a mí nada, como Elenita. Y los sentidos del hombre, montones. Más que los que cree el vulgo. Mi cuñada Nora (quien ya descansa en la paz de mi libreta) tenía una criada negra paranormal que le decía: «Doña Nora, la llamó por teléfono un señor alto, moreno, buen mozo». «¿Y usted cómo supo?», le preguntaba. «Por la voz», le contestaba. Las neurociencias están en pañales. Y la física. Dice el Génesis que «Polvo eres y en polvo te convertirás». Polvo es mucho, libro estúpido, somos nada. Y la nada, menos que el vacío, que se reparte en dos:

el del átomo y el del universo. Ambos carecen de materia pero los llenan miríadas de mensajes que van y vienen cabalgando en ondas electromagnéticas. Pues en esas ondas electromagnéticas del vacío están contenidos el presente, el pasado y el futuro. En cada mensaje que se activa el futuro se convierte en presente, que inmediato se desactiva y pasa a ser pasado.

Si extraemos del vacío las ondas electromagnéticas con un adminículo ad hoc (digamos un sifón magnético), nos queda la Nada. La Nada es un vacío sin nada. ¿Y la materia, me preguntarán? No hay materia. Lo que llamamos tal es espejismo mental. Y el Big Bang o *Popol Vuh,* cosmogonía fantasiosa de guatemaltecos. En cambio las ondas electromagnéticas sí son reales. Yo las agarro muy fácil: con la mano, cerrándola como cuando agarro un chorro de agua. ¿Y Dios? Que me lo muestren que ardo en ansias teresianas de verle la cara a ese Viejo. El vacío es mucho; la nada, nada; y Dios, mucho menos que nada. Dios no llega a Nada. No es Nada. Hay que quitarle la mayúscula a ese engendro de clérigos estafadores y ponérsela a la Nada, Nuestra Señora la Nada. Sobre los sólidos cimientos de la Unión Hipostática entre el Vacío y la Nada podremos construir entonces la moral única y verdadera que tanta falta le hace al mundo.

—Muy interesante.

—Gracias, doctor.

—¿Y de la orquesta sinfónica qué me dice?

—Una sinvergüencería sindicalizada de zánganos que tocan en grupos al unísono como montoneros. Los instrumentos de cuerda no suenan, rechinan. Me producen escalofríos de serrucho y me destiemplan los dientes y el alma.

—¿Y el ballet?

—Un atropello a la mujer. La agarran, la giran, la doblan, la sueltan, la tiran, la aparan, la descoñetan. Y ese maldito *Lago de los cisnes* de Tchaikovsky con gallinas que no ponen. ¡Cuáles cisnes!

—¿Entonces qué propone? ¿Que nos quedemos quietos?

—Quietos no. Para eso están el bolero y la milonga, el baile arrejuntado, apretado, amacizado, preludio al coito.

—¿Y la equitación?

—El hombre no tiene derecho a montarse en ningún animal. ¿Quién se lo dio? Que se monte en su madre.

—Su campaña en pro de la mujer y demás animalitos indefensos me conmueve. Si un día lo postulan para papa, voto por usted.

—Gracias, doctor. Mas no descansaré en paz hasta que no vea activarse el último mensaje del basurero electromagnético. El que borrará las estrellas de neutrones, los agujeros negros y todos los soles de todas las galaxias. El del fracaso cósmico. El que apagará para siempre la realidad doliente.

—No sea optimista. La realidad es un uroboro que gira y gira hasta que se agarra la cola con el hocico. Agarrada la cola la suelta y vuelve y empieza.

—Mi problema, doctor, no es con hocicos ni con colas. Es con el verbo *ser*. Lo detesto. No lo resisto. Esa roña me pica día y noche el alma y de ella no me logro curar.

—¿Entonces México yerra cuando dice que «El respeto al derecho ajeno *es* la paz»?

—En lo más mínimo. El respeto es el respeto, el derecho ajeno es el derecho ajeno, la paz es la paz y esa frase genial se la plagió Benito Juárez a Octavio Paz.

—¿Y decir que la corrupción es el cáncer de la democracia también está bien?

—Eso sí no. La corrupción es la corrupción. El cáncer es el cáncer. Y la democracia una mierda.

El teléfono de Santa Anita tenía cinco dígitos y empezaba por 7. Una sola vez llamé desde México porque las llamadas a Colombia salían muy caras y no tenía ni para comer. «No puedo vivir sin vos, abuela», le dije y nos pusimos a llorar. Colgué y fue la última vez que hablé con ella. Poco después murió. La herida aún no cicatriza, la luz se apagó dejándome en la oscuridad. ¿Por qué si la desgracia le llegó a Octavio Paz, que era tan bueno, y a los ochocientos de mi libreta, no habría de llegarme a mí también? De muerto en muerto se me ha ido acercando la Muerte de a poquito. Hoy solo falto yo.

—Si muero antes del fin del mundo, ¿me anota, doctor, en mi libreta?

—¡Pero por supuesto!

—Póngame en la A, como el paciente del avión. Así: «Avión, paciente del». Con tinta roja, que los demás van con negra.

La caritativa matrona invitó a su criada al comedor y le dijo: «Siéntese a la mesa, m'hija, para que me vea comer». La alienada comía y la criada veía. Caridad cristiana. La criada se llamaba Amparo. La alienada se llamaba Lía. A Amparo no la conocí. A Lía no la acabaré de conocer. ¿Quién fue esta mujer extraña que me puso en semejante brete? Me moriré sin entenderla.

Ahora se prepara para morir. Amparo la baña, la peina, la arregla, la perfuma. Le llena el cuarto de flores. «Llámeme a Carlos, m'hija», le dice a Amparo. Amparo llama a Carlos, quien cargó con ella al final. La encuentra en trance. «Estoy preparada para morir, ya estoy lista. Proceda, m'hijo», le dice al hijo. «Todavía no, Liíta —le contesta Carlos—. Podés vivir un tiempo más». «No quiero». «¡Pero cómo te voy a matar! Me van a meter a la cárcel de Bella Vista». «No es matar, es eutanasiar». «En Colombia está prohibida la eutanasia». «Usted me prometió que cuando yo se lo pidiera me mataba». «No recuerdo». «Sí. En la finca de Támesis». «¡Ah!

Es que ese día estaba borracho». «No importa, m'hijo, ya me arreglé, me hice a la idea, me tiene que matar, no me haga perder tanta bañada y tanta perfumada». Y Amparo viendo atónita. «Amparo: dígale a Carlos que me tiene que matar. Que es su obligación de hijo matar a su madre puesto que ella se lo pide». «¿Pero por qué, doña Lía, la va a matar don Carlos? ¿Es que está muy triste?» «¿Triste yo? Feliz de la vida. Lo que pasa es que me quiero morir como estoy ahora: dichosa, contenta». La disuadieron entre los dos haciéndole ver los terribles peligros de la temible cárcel de Bella Vista, donde violaban a los hombres. «¿También a Carlos?», preguntó la incrédula matrona. «También, doña Lía», le aseguró Amparo. Ante la inminente violación del hijo de sesenta y cinco años, doña Lía desistió de su intento. Que no la mataran, pues. Que quería comer. «Mirá, Amparo: bajás y me hacés una sopita de verduras, con poca sal». Nunca mandó en imperativo. No decía «haceme», decía «me hacés». Y no decía «sopa», decía «sopita». Y al final de cuentas, ¿a quién mató? ¿A Elenita? Elenita sufría mucho.

—A mí también, doctor, si me quiere matar, bien pueda. Proceda. Me baja la presión con dos poppers, y punto. ¡Qué dicha!

No hay día, pero ni uno es ni uno, en que no tenga que arreglar algo en mi casa: la lavadora, el teléfono, el computador, el Internet, la plancha, el calentador, la nevera, la estufa, el interfón. Que se venció una puerta, que una ventana no cierra, que se está filtrando el agua por la azotea, que Brusca se comió una alfombra, que se atoró el ascensor, que cortaron la luz del edificio porque los condóminos no pagan, que se fundió un foco... ¡Otro foco, por Dios, y del techo! ¡Y cómo lo zafo! ¿Me monto en un banco? Me voy a caer y me voy a matar. Y no solo se fundió el foco porque dejó de alumbrar; su rosca y el socket metálico donde se enrosca se fundieron en una Unión Hipostática. ¡Y no lo desenrosca ni misiá hijueputa! Un foco fundido para mí es tragedia. Esclavo de mis perras y de la entropía, batallando en todo instante contra el desorden vivo para contener el caos. Me jodí, doctor.

—Cuando el desorden termodinámico desaparezca y la entropía llegue al máximo llegará la muerte térmica del Universo. Con su esfuerzo y sus afanes usted está contribuyendo a ella. Que le sirva de consuelo.

Un día, por excepción, amaneció todo en calma. ¿Sería posible tanta bondad del cielo? Me tocaba el pecho y no lo podía creer. ¿Estaba temblando, o qué? ¡Qué temblor ni qué carajos, era un infarto! Me inyecté en la vena tenecteplasa, me zampé cuatro aspirinas a la carrera y me conecté al tanque de oxígeno que nunca me falta (por si El de Arriba no alcanza a bajar a tiempo) y santo remedio. Hoy subo escaleras, paseo perras, me monto en buses, me encaramo en bancos... Bueno, subía, paseaba, me montaba, me encaramaba... Ahora vivo instalado cómodamente en un avión, conversando con mis vecinos de asiento. El otro día me tocó un mafioso colombiano, y ahora voy charlando de lo más sabroso con un psiquiatra austríaco-mexicano. Quiácara va, quiácara viene y en el mismo punto se mantiene. Resultamos almas gemelas. Tiene su consultorio en el barrio de Polanco. Que me dé una vueltecita por allá me dice.

—¡Claro que voy, doctor! La psiquiatría no curará pero ayuda.

Contagiada de la verborrea mierdosa de los evangélicos, Lía se pasó sus últimos años soltando versículos de la Biblia y predicando, haciéndole propaganda al loquito de Galilea y a su papá. «Dios está allá en lo alto viéndolo todo. No se mueve ni una hoja contra la voluntad del Señor», decía. «¿Y el maremoto de Banda Aceh, Lía, en Indonesia, que mató a doscientos treinta mil, ese fue sin la voluntad del Señor?» «Designios inescrutables del Altísimo», contestaba sin pensar, como contesta un tenista que devuelve una pelota o como criada mexicana. Tenía siempre la respuesta lista en la boca. Nunca habló: pontificó. Mujer de convicciones firmes, a la postre las dejaba. Se mueve el océano Índico y se traga a Banda Aceh, ¡no se van a mover unas convicciones humanas! Un día la empezó a visitar el cura de la iglesia de la Consolata y la revirtió al catolicismo: quería que la exevangélica le escriturara la casa de Laureles, el Edificio Vallejo y la finca de La Cascada antes de morir. Carlos, cuando se enteró, con una bien propinada patada en el culo echó a rodar al tonsurado escaleras abajo del edificio que quería heredar. Y no es que el alcalde de Támesis no quisiera a los curas, no: se conchababa con ellos cuando le convenía. Cuando gobernaba a ese pueblo insumiso, el párroco le ayudaba a pastorear el rebaño-jauría.

¡Le hubieran dejado el Edificio Vallejo al cura y se hubiera salvado del incendio! Una demonia adolescente nieta de la difunta Lía, Raquel, en una orgía de poppers, basuco y seconales, amén de sexo con unos limpiavidrios de carros, lo quemó. Designios inescrutables del Altísimo. Quedaron los cimientos calcinados. ¡Si hubiera visto en lo que terminaron sus esfuerzos el señor ministro! Lo había construido para preservar su nombre del viento y dejárselo a sus hijos y que lo alquilaran y vivieran de sus rentas. Por obra de Raquel y de su madre, y porque lo permitió su padre, mi hermano, uno de los veinte, en cuyo nombre estoy pensando, el Edificio del Viento terminó en un refugio de la pobrería de Medellín, que de apartamento en apartamento se fue instalando en él a no pagar y a parir. ¡Qué bueno que se incendió! ¡Lástima que no se quemaron sino cuatro!

Lía no gobernaba ni dejaba gobernar. Y en violación a principios sagrados estatuidos por Yavé en la Biblia, no respetaba derechos de progenitura ni jerarquía alguna. El primogénito era yo, pero como si no lo fuera. He ahí la razón de nuestras interminables guerras intestinas. Tengo abajo, en tierra, en un cajón de mi escritorio, un libro que empecé a escribir hace años pero que no se me quedará inconcluso: *Lía o el desgobierno del mundo.* No puede haber sociedad sin orden. Enemiga sin irle ni venirle de la entropía, esta mujer dañina, reina del caos, convirtió mi casa en un manicomio y el manicomio en el Armagedón. No hay peor mal para una nación que la desaparición del Estado. Entonces cada quien hace lo que le canta el culo. En el desastre de mi casa tienen retratada a Colombia. Dios quiera que termine como el Edificio Vallejo.

«Agarren, niños, de las puntas», nos decía Elenita tendiendo las camas, para que le ayudáramos. «¿Qué son puntas, Elenita? ¿Punta de anca? ¿Las que venden en las carnicerías?» «Esto, esto», decía ofuscada y nos mostraba una punta. «¿Un dedo, Elenita? ¿Una mano?» «No, aquí, donde termina la sábana». «Las sábanas no terminan, Elenita, dan la vuelta. ¿No ve que tienen derecho y revés? Son como una pelota. Una pelota no tiene puntas». ¡Cuánto no hicimos por que esa pobre vieja se expresara con corrección idiomática! Confundía las puntas con un solomo, un churrasco, un cuadril, y las sábanas con las vacas. No había forma de hacerle entender.

La última vez que la vi fue la víspera de su muerte. Tenía el cuerpo ulcerado y tratamos de cambiarla de posición. Por poco no se nos cae. «Elenita —le dijimos en medio de un ataque de risa colectiva—, para la próxima vez que te cambiemos vamos a contratar una grúa porque pesás una tonelada». Me despedí de ella para irme a Bogotá camino de

México. Al día siguiente me llamaron a Bogotá a darme la noticia. Implorando conseguí cupo en un avión para regresar a Medellín. Entré a mi manicomio. Encontré el ataúd instalado en la sala, con un crucifijo en la cabecera entre dos cirios. Algunos de mis hermanos la acompañaban en silencio. Así ha sido siempre en esa casa, nos hemos ido muriendo todos calladamente, sin avisarle a nadie, sin alharacas. Me estaban esperando. No bien llegué llamaron a la funeraria por la carroza fúnebre y salimos con ella para el cementerio nuevo, los ilusos Campos de Paz, unas colinas con prados en las inmediaciones del viejo campo de aviación en que seguían saliendo y aterrizando los aviones, perturbando con su ruido la sagrada muerte de los muertos. Era un día translúcido, de luz radiante. Nunca a tal grado los ruidos fueron los ruidos ni las cosas fueron las cosas. Pesaban demasiado, como si se le hubiera aumentado la gravedad al planeta. El abuelo, la abuela, un hermano y un primo habían muerto estando yo lejos. Ahora se moría Elenita y asistía a mi primer entierro. Desde la colina en que veía cavar la fosa se divisaba Medellín abajo, distante, extraño, ajeno a todo dolor. Me sentí muerto. Entendí que en adelante viviría como un alma en pena sin posible salvación.

Sobrevolando países sobre un colchón de nubes y a muchos grados bajo cero afuera, voy en la alfombrada estancia de mi jet privado con mis seis perras. «Aquí tienen, de entrada, pernil tierno de bebé humano al microondas con pimienta. No se atraganten, guarden espacio para el plato fuerte, muchachitas». Viajo para llegar, llego para regresar, y por eso voy y vengo. Si de llegar se trata, ahí está la Muerte, que es expedita. Me abrazo ahora a mis perras seguro, calientito. Aprieto mi cabeza contra la de Brujita y dejo que se funda su alma con la mía. «Capitán, dígales a mis niñas que este jet nuestro lo revisaron antes del despegue, que no hay peligro, que no teman, que van seguras. De todos modos prepare la lancha salvavidas. La tempestad arrecia y el mar es traicionero. Uno nunca sabe». Se enverracó El de Arriba. ¡Qué relampagueo!

—¿Por qué viaja entonces en jet público teniendo el suyo privado?

—Por los encuentros fortuitos, doctor. A ver si me topo en estos armatostes en que viaja la chusma uno que me ilumine, porque vivo en la oscuridad.

Si hubiera ferrocarril entre Colombia y México, ahora iría en mi vagón privado con mis muchachitas. Lo que importa del viaje es viajar, no llegar: que las ruedas del tren le saquen chispas a la carrilera.

La marrana Marcela, que crio la abuela, tuvo una camada de diez hermosuras, como niños Jesuses. Instalada la matrona porcina en la pesebrera, sonriente cual Mona Lisa plácida, les daba de mamar a sus marranitos. Los pobres del barrio de Las Casitas les habían puesto el ojo y al primer descuido nuestro iban a venir por ellos para comérselos y convertirlos en excremento. De día la pesebrera la vigilaba el abuelo; de noche, Aníbal. En Colombia al que se descuida se lo lleva la corriente: lo atracan los de la calle, lo atracan los del gobierno, lo atracan los curas de la Iglesia, ávidos de herencias. Allá vivimos a la defensiva en medio de rapaces. Así que si algo tiene, cuídese o en lo que canta un gallo pasa a engrosar la pobrería y se queda sin gallo. Allá no quieren a los animales. Razón básica: porque son seguidores de Cristoloco. ¿Cuándo quiso este engendro de la leyenda y la maldad humana a un animal? Ni siquiera a los corderos, con los que lo representan. Qué importa, dejemos esto que se me daña el genio. Dije que Aníbal vigilaba de noche, pero con la supervisión del abuelo, quien por sus muchas preocupaciones roncaba pero no dormía. Se levantaba entonces y en pijama, angustiado, montado en unas chanclas ruidosas subía por el camino de escalones de piedra que llevaba a la pesebrera diciendo a cada paso: «Chac, chac, chac». Venía armado de, dos puntos: una linterna, una caja de fósforos y un tarro de papeletas. De la caja sacaba un fósforo, del tarro una papeleta; prendía el fósforo y con este la mecha de la papeleta, y sincronizado con Aníbal, quien en una fracción de segundo prendía y apagaba la linterna, procedía a disparar: aventaba la papeleta y ¡pum! Los de Las Casitas creían que les estaban disparando con un revólver y se perdían despavoridos por entre las sombras de la asustada noche.

Tras la muerte del abuelo Carlos iba por las noches a Santa Anita a acompañar a la abuela. Si por motivos de fuerza mayor no podía ir, le avisaba desde Medellín por paloma mensajera. Entonces la abuela, en la soledad de la casona y con la sola compañía de Elenita (ya les habían envenenado una docena de perros Capitán y otras tantas Catusas), se encomendaba a las Once Mil Vírgenes. ¡Con razón los pobres de Las Casitas veían un ir y venir de gente toda la noche por los corredores de la finca! Se les quitaban las ganas de arrimar a robar.

Colombia tortura y mata a los animales. ¿Y qué es eso que llaman con tanto fervor Colombia? ¿Un país acaso en el concierto de las naciones? Sí si se puede llamar país a una chusma carnívora y paridora, cristiana y futbolera. Cuatro veces vil. Tetravil. Si Dios me dijera: «Aquí tiene el botón atómico, húndalo y la desaparece», mi dedo lo hundiría con la felicidad que embarga al nuevo papa cuando sale al balcón a bendecir por primera vez, *urbi et orbi,* al rebaño: «Papa tenéis, mas no papá que os mantenga. ¡A trabajar, cabrones! Y dejad de pedirle a Dios que el Viejo está muy ocupado jugando al prende y apaga con sus galaxias». Eso les diría yo, si fuera el que saliera. En cuanto a los senadores de Colombia, yerran los que los llaman «padres de la patria». Padres no son, son hijos: de puta.

—Detrás de lo que dice solo veo un profundo amor por los animales, que son los que lo mueven a usted en la vida, ¿o me equivoco? Y los leones, los tigres, los leopardos, los pumas, los jaguares, las fieras, ¿también las quiere?

—Las compadezco. Seres inocentes lanzados como usted y yo al horror de la vida, las pobres fieras de nada tienen la culpa, son otra de las cagadas de Dios. Hay que ser uno muy Ocioso y muy Vacío y muy Malo para entretenerse con el espectáculo atroz de la guerra en la naturaleza. Todos los animales me inspiran compasión, y en ella incluyo el amor.

—Así como el olvido incluye el perdón.

—En mi caso no: soy Funes el memorioso.

—¿Ni al papa le perdona?

—Al que no le perdono es a Dios que permite esos asquerosos.

Ovidio nos enseñó a manejar y Darío fue su alumno aventajado: se robaba el Hudson del abuelo y se iba a andar carreteras y a asustar gallinas y viejas, que saltaban a la vera del camino como el agua de los charcos cuando les pasa por encima un camión. El abuelo, que era pobre y honrado además de tacaño, mantenía el Hudson sin una gota de gasolina. Darío entonces le pedía a su hermanito Carlos que fuera a comprarle un galón de gasolina a la bomba de Bombay, llegando a Sabaneta. «Eso está lejísimos», protestaba Carlos. «Te vas a pie, caminando un ratico». «¿Y con qué lo pago?» «Rompé la alcancía, que tenés el marranito lleno». Rompía el niño la alcancía, le sacaba la platica al marranito y se iba caminando entre ida y vuelta dos leguas: le costaba el encargo los ahorros de un año. ¡Claro, como el señor ministro era pobre y honrado como el abuelo y no nos daba ni una mísera moneda de cinco centavos para comprar una paleta! «No compren paletas, niños, que tienen amibas», decía Lía la cónyuge, la economizadora. ¡Puta honradez!

Cuando Darío veía volver a Carlos con el galón de gasolina le gritaba desde el corredor delantero que le dejara la portada abierta para él poder salir volado. La cosa iba así: le echaban en silencio cómplice el vital líquido al sediento tanque del carro; luego, para que el abuelo no se diera cuenta por el ruido del motor al prender de que le iban a desaparecer su bien preciado, no lo prendían arriba, saliendo del garaje junto a la casa, sino abajo en la portada. Lo sacaban del garaje empujado, y empujando Carlos por su lado y jalando la fuerza de gravedad por el suyo rodaba calladamente el Hudson con Darío al volante rumbo a la salida. No bien Darío llegaba a la portada, sin esperar a que subiera al carro Carlos que soñaba con dar una vuelta, encendía el motor y ¡pum!, se iba por la vía pública pitado, como ventosidad que sale del trasero de Satanás. Concentrado en la conducción del carro se le había olvidado a Darío el hermanito: lo dejó en la portada como novia traicionada al pie del altar.

Reportes de gente que lo vio contaban que el impúber ladrón de carros tomaba la carretera pública como propia, y que por la vía estrecha y curvosa que pasaba frente a Santa Anita y que unía a Envigado con Sabaneta se iba curveando a toda verraca. Carro que alcanzaba lo rebasaba, así fuera en curva cerrada con riesgo de su propia vida y de la ajena, y al que iba manejando le gritaba: «¡Alcanzame si podés, hijueputa!» ¡Y quién alcanza a una culebra loca disparada por el culo sulfuroso de Satanás! Levantando polvo y despidiendo azufre por el mofle mi primer hermano (quien habría de hacer y deshacer en la vida hasta que pagó con ella) se entregaba a una orgía de curvas lujuriosas.

Anoche soñé con Darío, que tenía cita con él. Me estaba esperando en una esquina del sueño y cuando llegué me dijo que dentro de poco se iba a morir. Se veía consumido, demacrado. Ni rastros del muchachito que se robaba el Hudson del abuelo en el fantasma que veía. Nunca he tenido un sueño feliz. Despierto, en la vigilia, con los ojos abiertos sueño con la felicidad, pero se me va a medida que la persigo como se le iba la dentadura postiza a mi abuelo cuando se le caía al suelo y la trataba de agarrar: él cerraba la mano para tomarla y ella se le resbalaba un tramo y se reía, y así una y otra vez, sin dejarse coger, deslizándose a las carcajadas por el piso liso de baldosas hasta que daba contra una pared donde entre todos, por fin, le echábamos mano a la huidiza. A ver si logro uno de estos días acorralar a la felicidad contra alguna pared antes de que el Señor me llame a cuentas.

Mi perra Brusca, que en paz descanse, era hermosa. Vivaz, veloz, feliz, de antepasados rodesianos cazadores de leones, de pelo color de miel y el del lomo irisado. Tenía una fe ciega en la vida y en mí, más la manía de olerle el trasero a la gente. Y ahí va esa niña suelta por el camellón de la Avenida Ámsterdam de la ciudad de México corriendo a olfatear por detrás a un muchachito, a una muchachita, un albañil, una embarazada, un jubilado, una emperifollada, una criada, al que fuera delante de ella y lo alcanzara. «¡No hagas eso, por el amor de Dios, te lo he pedido mil veces!», le rogaba. Como si se lo dijera a una pared sorda, obtusa, española. Les enchufaba el hocico en el sanctasanctórum y «¡Ay!», gritaba el enchufado como prostático al que le hacen el tacto rectal mal que le pese. Y eso era todo, una simple curiosidad olfativa, sin eyaculación. Para mí que a través de esos olores non sanctos lo que buscaba Brusca era conocer la dimensión de las almas, procedimiento que nos está vedado a los humanos. Un día un viejo grosero me insultó. Que por qué la dejaba suelta. «Suelto anda el culo tuyo por las calles y nadie te dice nada —le contesté—. Aprendé a convivir, viejito, que vivís en una ciudad de veinte millones».

Pero el non plus ultra me lo hizo Bruja, mi gran danés: a un señor cojo muy elegante que venía en muletas por el parque México le pasó en carrera zumbando por entre el vacío de la pierna ausente y una de las dos muletas. No lo tumbó porque Dios es muy bueno. Pero casi nos mata a los dos, a mí y a él, del susto. Treinta años han pasado desde la muerte de Bruja y diez desde la de Brusca. No lloro más por ellas. ¿Qué puedo hacer si así lo quiso Dios? «Hágase tu voluntad», como dijo el santo Job cuando se le cagó en los ojos un pájaro y lo dejó ciego. No me mandes pájaros, Señor, que con las dos córneas de muerto que me trasplantó el doctor Barraquer casi no veo. Cruzo las calles más ciego que un acto de fe.

Por el Magdalena, al que dan mil afluentes, fluye parte substancial de la Historia de Colombia, que es mierda, más el bloque grande de la que produce el país a diario. Si hablo ahora de ese río vuelto alcantarilla es porque en Barrancabermeja, uno de sus puertos, mi abuelo tuvo un almacén de calzado. Cuando él se vino a Medellín, a morir, Ovidio lo convirtió en uno de discos y radios: de bulbo primero y luego de transistores. Ya no sé de qué sean hoy los radios, si es que quedan. Lo que veo por las calles son unos bípedos monologantes que hablan solos pero dando a entender que es con otros. ¿Qué se traen? Algunos llevan unos auriculares conectados por un cable al ombligo. ¿Será un localizador satelital? Misterio. Yo localizador satelital en todo caso no necesito porque sé dónde estoy parado: en el centro del centro. Que se ubiquen respecto a mí los de la periferia.

¿Decía de Ovidio qué? ¿Que se murió? Claro, todos nos morimos. A Barrancabermeja fui a verlo, al final, y me encontré a la Muerte a la entrada de su cuarto: «Déjeme pasar, señora, que vengo desde México en avión fletado a despedirme de él. Quítese o no alcanzo». Se hizo, respetuosa, a un lado y entré. Un ventilador de mesa zumbaba sobre el nochero removiendo el aire caliente. En la cama él, demacrado, espectral, a unos instantes de morir y cubierto con una sábana blanca y fresca; abajo de la cama su perrita, desolada. «Ovidio —le dije—, vine a conocer a Barranca y a que me llevés al muelle y me mostrés dónde estaba el almacén del abuelo. Viniendo del aeropuerto vi iguanas en los pantanos. ¡Qué hermosas son! Ya sabés cuánto quiero a los animales». Y seguí hablando de cosas que no venían a cuento. Ya nada viene a cuento cuando nos vamos a morir. «¿Puedo pasar?», me interrumpió al cabo de un rato, con delicadeza, la Muerte. «Pase pues». Y la Muerte misericordiosa me dio un muerto más para mi libreta.

Cuando murieron mi abuelo, mi abuela, Silvio, Elenita, Darío y mi padre no llevaba libreta. Con ellos la comencé años después, y con dos centenares de muertos viejos que con gran esfuerzo fui desenterrando del fondo de la memoria. ¿Cómo se llamaba mi primer muerto? ¿La viejita aquella de mi cuadra en el barrio de Boston? ¡Doña Paz! ¡Claro, doña Paz! Y la puse en la pe de Pedro. Hoy vivo tan abrumado por la avalancha de muertos recientes que a alguno lo he puesto a priori para después tenerlo que borrar. Como a Monica Vitti, que conocí en el Centro Experimental. «¡Está viva!», protestó mi amigo Luis Ospina. «Nunca me has dado un muerto —le reproché al aguafiestas—. Y ahora me quitás uno». «Ya te lo repondré cuando me muera», me contestó. Y sí, cumplió su palabra. Ya tomó Luis por el trillado camino de la Muerte por el que tomamos hasta los más originales.

Notario ad honórem de mi Señora, vivo que muere, muerto que anoto. Entre abuelos, padres, hermanos, tíos, primos, amigos, conocidos, vistos de cerca o vistos de lejos llevo anotados más de mil. No me doy abasto, como decía mi abuela. ¡Claro, qué te ibas a dar abasto si atendías perros, marranos, hijos, nietos! Si cocinabas para Raimundo y todo el mundo. Si hacías la caridad con viejos y viejas. Si le pagabas sus estudios a un falso seminarista que te estafaba. Si despulpabas café y lo ponías a secar al sol en los corredores de Santa Anita desechando los granos malos, que ibas sacando de los buenos. Raro que no hubieras reventado antes. Cuando te moriste se murió con vos la mitad de mí. Mejor dicho las dos terceras partes. Mejor dicho todo. Me morí con vos y he seguido haciéndole al cuento de que estoy vivo. Ayer se me olvidó mi imagen en el espejo y me tuve que regresar por ella al baño. «¿Qué hacés ahí, viejo estúpido? —le increpé—. Te venís conmigo ya», y le troné los dedos. Salí paso a paso volviendo la vista atrás, mirando de reojo a ver si seguía instalado el impostor en el fondo del azogue. No. Muy sumiso se fue viniendo conmigo.

La noticia de la muerte del abuelo me llegó en un abultado paquete de cartas de consuelo, que recibí en Roma. La de la abuela, en una sola, que recibí en México. Mientras la leía recordé su ruego cuando me marchaba de Medellín y la vi por última vez. Que no me fuera, que me quedara con ella, que estaba sola... Acabé de leer la carta y empecé a maldecir de la puta patria que me cupo en suerte, la que me cerró todas las puertas y los caminos. Colombia la mala, la asesina, la mezquina, la mamarracha paridora de políticos, futbolistas, secuestradores, atracadores, extorsionadores, procuradores, guerrilleros, ministros, presidentes, fiscales, curas, toda la roña humana habida y por haber. Ya sé que por maldición eterna habré de volver a morir a ese moridero... Cuando san Juan agache el dedo.

—Cálmese, piense en otra cosa.

—¿Como en qué, doctor? ¿En que se va a caer este avión?

—Ya verá que no se cae.

—Qué importa, que se caiga, en el mar o en un pantano, para volver por fin a la eternidad oscura y silenciosa de donde me sacaron ese par de delincuentes que me trajeron a esta mierda que llaman valle de lágrimas.

—Cuente hasta cien.

—Ya he contado hasta millones.

«¡Ay, me duele aquí, me duele allí! —se quejaba Elenita—. Tengo lepra, tuberculosis, diabetis». No decía «diabetes» con e sino con i, y si no tenía también sida es porque entonces no se estilaba. Que tenía el cuerpo amoratado, decía, y que la sangre no le circulaba. Y nos pedía: «Rueguen por mí, niños, para que el Señor me dé una buena muerte». «¿Cuál señor, Elenita? —le preguntábamos—. ¿Don Alfonso Mejía? ¿O don Avelino Peña?» «No, El que Está Allá Arriba». «¿Arriba? Veamos a ver qué hay arriba. Arriba no se ve sino el techo y el gato, Micifús. ¡Vamos a agarrar a Micifús!» «¡Ni se les ocurra subirse al techo, que me van a quebrar las tejas!», gritaba entonces el abuelo desde el comedor hecho una furia. ¡Qué le íbamos a quebrar ninguna teja, si nos íbamos a subir con cuidado! Viejo güevón...

Las casas viejas se van desmoronando paso a paso, hasta el punto en que ya no tienen remedio y hay que tumbarlas. El viejo igual. Si a un viejo se le daña el corazón, que se muera. Si se le daña un riñón, que se muera. Si se le daña el hígado, que se muera. Mejor empezar de nuevo con un niño nuevo a ver qué pasa. Gastar plata en viejos es tirarla por el inodoro. De los focos del techo de mi avión uno sirve y el otro a medias. El de a medias prende y apaga impredeciblemente. Componedero lo que se dice componedero no tenemos ni mi avión ni yo. Las arterias, como los alambres del sistema eléctrico, se me han endurecido con los años y no dan de sí, han perdido su original ductilidad. Se han «cristalizado», como decimos los técnicos. ¿Y las neuronas de mi cerebro? ¿Cristalizadas también? ¡Quién sabe! Como el foco medio bueno, funcionan a veces sí y a veces no, cuando les da la gana. Paciencia. Un viejo impaciente no sobrevive.

Yo podría comprarme otro avión, uno nuevo, plata no me falta, ¿pero para qué lo quiero si el que tengo, bien que mal, me da puntual servicio? Y aquí voy montado en este aparatejo sorteando tempestades por entre nubarrones o apostando carreras con los cóndores cuando hace buen tiempo. Con los que quedan, cinco o diez. El último de Colombia lo mató un campesino colombiano de un escopetazo. «¿Por qué lo mataste?», le pregunté, con un desgarramiento en el alma. Me contestó: «Si querés te mato también a vos». Y desenvainó el machete. Donde diga esta boca es mía me decapita. ¡Y cómo me voy a dar ese lujo, si Colombia me necesita para que la ilumine y el mundo para que lo redima! ¿Por qué habrá hecho Dios al campesino colombiano? «¡Ah, Viejo Ocioso y Desocupado! Me voy a subir en un andamio al techo de la Sixtina para bajarte de las barbas».

Volviendo a las casas viejas y a mi avión, no entro a la cabina del piloto a preguntar cómo va el vuelo no sea que este aparato me oiga y se caiga. Hay que dejar las cosas quietas. Que el viento mueva las hojas de los árboles, yo no.

—¿Desde cuándo viaja en jet privado?

—Desde que una azafata de Air France me regó una Coca-Cola encima. ¡Les cogí una tirria a esas malcogidas!

Paso a otra cosa. Después de dos mil años de cristianismo, ¿para qué ha servido la redención de Cristo? Para un carajo. Al Padre Eterno le salió su Único Hijo bobo. Cristo era un imbécil. ¿Cómo es que se llama el ruso ese que anda ahora dando guerra?

—Putin.

—¡Ay, tan bonito el calvobajito de torso hercúleo! Le van a pedir el culito los homosexuales rusos. ¡Qué banquete!

¡Y pensar que este Putico alzado va a ser nuestro verdadero redentor! Va a desatar la Tercera Guerra Mundial, la que acabará con todas las guerras y de paso con el género humano. Magnífico. Gracias, Putín. Nos vas a regresar en bloque no digo a la Edad de Piedra o la era de los dinosaurios, que están cerca: a la apacible Nada donde reina Dios. Adiós partidos de fútbol, adiós entierros de princesas, adiós bendiciones papales, adiós elecciones generales, adiós bodas reales, adiós teléfonos celulares, adiós iPads, adiós WhatsApp, adiós sopas Maggi. ¡Se acabó por fin esta mierda!

—Ni me acuerdo del que fui ni me acuerdo del que soy. Perdí la memoria. La lejana y la inmediata. No sé quién soy ni qué iba a traer. ¿De dónde? Pues de la cocina. ¿De cuál cocina? Pues de la del avión, ¿o en qué vamos pues? ¿En un planeador sin hélices?

—Haga un esfuerzo y recuerde.

—«¡Qué más quisiera el ciego que ver!», dijo el doctor Barraquer. Todo oscuro. Apagón de la memoria.

—¿Cómo se llamaba el doctor Barraquer?

—Lo tengo en la punta de la lengua. ¿Joaquín? Ah no. Lo estoy confundiendo con el presidente de la República Dominicana Joaquín Balaguer.

—No está usted tan mal de la memoria. ¿Cómo le hizo para acordarse de Balaguer?

—Porque también estaba ciego como yo. Ciego él y ciego yo, dos ciegos guiándonos en la oscuridad del mundo. Mi vida se va cual un largo pero apurado vuelo. Ya casi llego. Vaya por favor, doctor, y me le pregunta al capitán si está funcionando bien este aparato. Interróguelo sin dramatismos, como quien no quiere la cosa. En tanto usted regresa, le voy dando vueltas a una idea: ¿podrá el gran Putin lanzarle una bomba atómica al Vaticano? Que Dios lo quiera.

Carlos mató al abuelo, Lía a Elenita y a Lía la diabetes: le gangrenó una pierna, la anestesiaron, se la cortaron, y en las alucinaciones de la anestesia se preguntaba: «¿Y ahora con qué pie voy a chutar?» ¡Como si fuera el gran Di Stéfano! «Pues con el izquierdo, que es el que no te cortaron», le explicaba Carlos. Reunidos todos —hijos, yernos, nueras, nietos, bisnietos— en la sala de espera de la Clínica del CES, nos reíamos a las carcajadas de las ocurrencias de la moribunda y repasábamos su vida genial. ¿Se acuerdan de cuando hizo esto, o lo otro, o lo otro? ¿De cuando se bajaba del carro enverracada y se iba caminando por la carretera entre Támesis y Jericó, un páramo yermo, mientras nosotros la seguíamos a vuelta de rueda rogándole? «Subite, Lía, por el amor de Dios, que te vas a resfriar». Que no. «Te va a pisar un camión». Que la pisara. Al cabo de dos cuadras pedía cacao (recapacitaba) y volvía, mansita, al carro. «¡Jua, jua, jua, jua, jua!» Los médicos, las enfermeras, los pacientes y los visitantes del robadero del CES no lo podían creer: «Se les está muriendo la mamá —pensaban—, ¡y mírenlos!» Miradas cargadas de odio, reproches mudos... Y más risa nos daba. «¡Jua, jua, jua, jua, jua!» Hacia la media noche salió un galeno y nos anunció, con cara de circunstancias: «Acaba de fallecer». «¡Ah, caray! —exclamó Carlos—. La Muerte nos metió el gol».

¿Hijos desnaturalizados? Desnaturalizada la muerta. Tres hijos se le suicidaron y ni una lágrima derramó. «Y yo para qué lloro si me va a doler la cabeza», decía y se iba a tocar en el piano el «Carnaval de Venecia».

—Con razón está usted tan bien de la cabeza, lo felicito.

—Gracias, doctor.

En el patio de la casa del barrio de Laureles Gloria quemó la ropa de la difunta para que nadie la usara. Entonces la que ya estaba en el Más Allá se despidió de los que mirábamos la quema con su última ocurrencia: unas ampolletas que se le habían quedado en una bata de dormir explotaron y las astillas de vidrio, dispersándose como bombas de racimo, se les clavaron a unos en las piernas, a otros en el pecho, a otros en la cara. A mí en un ojo, que por fortuna era el malo, o mejor dicho el peor porque con el que me queda solo veo nubarrones.

—Es que estamos atravesando una zona de tormentas.

—¡Ah, entonces hay esperanzas! A toda noche le sigue un día.

Si Dios me concediera un favor le pediría: «Dejame echar un vistazo, Señor, a tus profundos infiernos, a ver en qué círculo de tu quemadero tu lacayo Satanás está quemando a la demonia». ¡Que me lo va a conceder! Ni este ni ninguno. Ese Viejo no sirve para un carajo. Dan más leche las tetas de los hombres.

Y he aquí cómo atendía la difunta a las visitas, que venían una vez y no volvían pues en mi casa jamás hubo qué comer y si algún ratón entraba era a echar un vistazo o a dormir. Una mañana le anunció su marido: «M'hija, se me olvidó que esta noche tengo invitados a cenar. A ver qué les hacés». «Pues un pernil de cerdo, que es tan elegante», le contestó Lía. Solo que el pernil de cerdo hay que condimentarlo durante tres días seguidos manteniéndolo uno en la nevera o lo pudre el calor de Medellín. La émula del gran Vatel procedió entonces así: condimentó el pernil y lo metió a la nevera. A la hora lo sacó y lo volvió a condimentar y a meter. A la tercera hora igual. Y después del apurado mete y saque «el pernil creyó que había pasado tres días en la nevera, siendo así que solo fueron tres horas. Todo es cosa mental». ¡Cómo no iba a ser también cosa mental el postre de melocotones que nos hacía con guayabas cuando los melocotones ni se conocían en Colombia! El café sí, y andando el tiempo la coca, ¡pero melocotones! Esas eran exquisiteces del subtrópico.

Elenita murió tejiendo una colcha que no terminó. No sé si Penélope, la mujer de Ulises, acabó la suya cuando regresó su marido a Ítaca. Elenita no, y no porque siguiera esperando a Roberto Campuzano, quien desde hacía mucho había muerto, sino porque era perfeccionista. Cuando su colcha iba a un paso del final se daba cuenta de que en algún lugar, digamos por la mitad, se había saltado un punto. ¡Y a deshacer lo hecho en meses o años y a retomar desde ahí su obra magna!

Su sobrina Lía (que no podía no digo que con sus hijos, ¡ni con su alma!) le consiguió un puesto en el asilo de ancianos del pueblo de Támesis, pero a la hora en que salíamos con ella cambió de opinión. Copio de su escrito póstumo, palabras textuales: «Muy afligida le dije: "Elenita, Dios no quiere que se vaya de mi casa". Yo todo se lo consultaba a Él, si hacía esto o lo otro». Y la volvió a acomodar en el cuarto de atrás. Tiempo después recapacitó y le volvió a consultar a Dios: «Se me fue la sirvienta, Señor, y yo sola no puedo con la casa. ¿Qué hago?» «Chutásela a tu tía Teresita, a su hermana, con el pretexto de que no tenés servicio. Se la mandás con poca ropa para que crea que es solo por unos días, y después le vas mandando el resto de a poquito». Y así hizo. Cada semana del montón de naranjas que se podrían en nuestra finca La Cascada (porque en Colombia no hay quien compre sino quien robe) le hacía llegar un bulto acompañado de más ropa. «El Señor sí es muy sabio», dijo. Andando los meses Elenita enfermó y cayó en cama. Lía se consiguió otra sirvienta, la milésima, y viendo la terrible situación en casa de Teresa, que también vivía pegada del televisor, se compadeció de la enferma y mandó traerla de vuelta. La milésima sirvienta no aguantó, se largó, y entonces la enloquecida multípara, dejando de copiar por un instante recetas de cocina de la televisión, volvió a consultarle a Dios: «¿Qué hago, Señor, con Elenita?» «Matala», le contestó el Señor. «¿Y cómo?» «Muy fácil: le suspendés la insulina y la consentís con jugos, tortas, helados, pastelitos de gloria...» Y manos a la obra. En tres meses Elenita, ahíta de pastelitos de gloria y demás delicias terrenales, se fue derechito a la verdadera gloria, la del cielo, y su sobrina comentó: «¡Qué grande, qué sabio y qué bueno es el Señor!» Cuatro años después del entierro de Elenita, Lía mandó sacar sus restos, y según anota en su escrito póstumo: «Fueron a reposar en la cripta que contenía los de mi padre. En vida no se quisieron y les tocó, por voluntad mía, pasar juntos la eternidad como una maldición». ¿Y por voluntad de quién la estás pasando vos ahora? ¿Y en qué cripta? ¡Ah con los vivos abusadores de los muertos!

Tras la muerte de mi perra Quina dejé la zona de penumbra y entré en la oscuridad. En un principio el Universo era una inmensa Nada bañada de Luz y vino el Monstruo e hizo las Tinieblas. «*Fiat tenebrae*», dijo, *Et tenebrae factae sunt.* Miente el Génesis cuando cuenta las cosas al revés. La Biblia empieza mintiendo y como empieza sigue y como sigue acaba. Es un estúpido rosario de mentiras que rezan los protestantes y los judíos. Los católicos ni la conocen. Se tragan con la lombriz el anzuelo.

—Cuénteme más de sus hermanos y deje la arqueología.

—No hay más que contar. Se los tragó Cronos, el devorador de hombres y animales, se murieron todos y los enterramos, o mejor dicho los cremamos porque con semejante paridera ya no queda en el planeta Tierra tierra para enterrar tanto muerto.

Vuelvo al respeto al derecho ajeno. ¡Cuál derecho ajeno! No reconozco más derecho que el mío. Ajenos los deberes de los demás para conmigo. Y como dijo el loquito de Galilea: «El que no está conmigo está contra mí y el que no recoge conmigo desparrama». ¡Pero por supuesto, más claro no canta un gallo! Cuando el tracto urinario anda bien el paciente orina bien. «Divinamente bien», como decían las señoras bogotanas. Aquí tengo uno en casa y lo estoy tratando.

«Glorifica mi alma al Señor y mi espíritu se llena de gozo al contemplar la bondad de Dios mi Salvador porque ha puesto la mirada en la humilde sierva suya». ¿Quién reza? Es la abuela, embutida su inmensa mole en su sillón, en el corredor delantero de Santa Anita entre macetas de bifloras y geranios, y reza porque está temblando. Ah no, no era la Tierra la que estaba temblando; era que sus nietos les ataron con lazos las patas al sillón y disimuladamente las estaban jalando: unos tiraban para un lado, otros para el otro. Y en tanto las melenas del corredor se mecían en sus zunchos empujadas por otro demonio. «Ya paró, ya paró, abuelita, tranquilizate», le decíamos cuando la veíamos con palpitaciones en el pecho. Nos quería, la queríamos, le hacíamos la vida imposible. El día de la Santa Cruz, el 3 de mayo, rezábamos con Elenita y ella los mil Jesuses mientras diluviaba sobre Santa Anita. «Si en la hora de mi muerte el demonio me tentare, que se aleje de mi lado porque el día de la Santa Cruz dije mil veces Jesús, Jesús, Jesús...» E íbamos contando los Jesuses con granos de maíz que desgranábamos de una mazorca. Venían las gallinas con sus pollos y se los comían. Grano que desgranábamos y contábamos, grano que iba a dar a ellas. ¡Qué hermosas son las gallinas!

Y pensar que los que las engordábamos nos las comíamos. ¡Claro, como nacimos cristianos! O sea malos. ¡Qué plaga para los indefensos animales ha sido el maldito Cristo, ese engendro de la leyenda forjado para sus fines por la clerigalla cristiana!

En Santa Anita a las seis, cuando oscurece en Colombia, rezábamos el rosario y nos íbamos a dormir. A las cuatro y media de la mañana pasaba un tren bordeando el río y el barrio de Las Casitas y nos despertaba con su silbato. «Uuuuuuu», decía el loco y se iba desmelenándose y echando humo por la chimenea de la locomotora como una lavandera mueca. Otro día por delante, que se mostraba tan vacío como el de ayer, sin nada que hacer ni a quién joder. Amanecíamos rascándonos los pies, las piernas, los brazos, la nuca, la espalda, las nalgas, las pelotas, picados de pulgas y zancudos, ¡y estábamos en plena felicidad! ¡Cómo sería la desdicha!

—La desdicha puede llegar a ser inmensa, doctor. La ventaja de ir ahora en este avión es que si estalla la Tercera Guerra Mundial o Primera Guerra Atómica, llamo desde la cabina a mi casa para que recojan agua en la bañera.

—Muy previsor. Agua para beber y que no se muera usted de sed.

—¡Qué beber ni qué sed! Para llenarles el tanque a los inodoros.

El doctor Teodoro Césarman, cardiólogo mexicano muy famoso, del tipo tranquilizador («Tómese sus whiskicitos que usted tiene un corazón de veinte años», les decía a sus pacientes de noventa, que caían fulminados saliendo de su consultorio después de pagarle), murió de un ataque cardíaco. Y el doctor Roberto Garza, director del Instituto Mexicano de Cancerología, murió de un cáncer de páncreas que le detectaron pocos días antes de morir. ¡Cómo no va a existir un Ser Supremo que hace justicia! He aquí mi prueba doctoralia de la existencia de Dios, que se le ha de sumar a las de santo Tomás de Aquino.

—Exacto, la Muerte no respeta médico, yo también le temo. ¡No respetó a Cristo, el Hijo de Dios!

—Odio a los médicos. A usted, doctor, lo exceptúo por su condición de médico del alma, el tejido más deleznable de la *humani corporis fabrica* de que hablaba Vesalio, un tejido que no excreta, el único, el más limpio pero el más sucio. Ejemplos de las deyecciones del alma: un discurso de político o una encíclica de papa.

Médico decente es un oximoron. Como un político o un clérigo o un banquero. Ignorantes, deshonestos, simuladores, farsantes, altaneros. Ni uno pasaría un examen público para revalidar su título. Se dividen en tres: los impasibles, los catastrofistas y los tranquilizadores. Cada cual tiene su cuento. Los impasibles: piensen en el Ángel del Silencio que ponen a la entrada de los cementerios con el índice derecho en la boca diciendo cállense, o en la Esfinge, que vive en diálogo mudo con las tres pirámides. No dicen ni esta boca es mía para que no les descubran su ignorancia. Los catastrofistas: «Intérnese ya, que se va a morir». Y nos recomiendan el hospital tal, donde les dan comisión por los pacientes que mandan. Como en los laboratorios: «¿Quién ordena el examen?» «El doctor tal, señorita». Y religiosamente le depositan al doctor tal cada mes su comisión en su cuenta. Tercera categoría, los tranquilizadores, como el doctor Césarman, que ya quedó bien descrito. Todos recetan algo (menos aspirina para no desilusionar al paciente) porque saben que la mayoría de las enfermedades que se curan se curan solas y así le roban el mérito de la curación a la sabia naturaleza. Hablan en jerga: a las ventosidades las llaman «meteorismo». «¿Mucho meteorismo?», le preguntan al paciente. «No doctor —contesta el pobre—. A mí mi mujer no me la juega».

Vuelvo a Cristo, el enemigo de los animales que se creía Hijo de Dios y que en buena hora extirparon los judíos como una excrecencia de su raza. ¡Cuánto le debe a este pueblo eternamente perseguido la humanidad!

—Le van a levantar un monumento en Tel Aviv. Enhorabuena.

—Dios lo oiga. Están en mora.

Medellín cuando nací tenía trescientas mil almas (en realidad cuerpos, a juzgar por la cloaca en que convirtieron el río). Hoy pasan de los tres millones, camino a cien. Solo una bomba atómica parará esta terrible paridera. ¿Pero de dónde la saco?

—Capitán, deje de apostar carreras con los cóndores y encamine la nave rumbo a Israel donde tengo cita con el primer ministro. Vamos a sellar un pacto.

Miraba el parque abajo de las ventanas de mi apartamento y el viento mecía los penachos de las altas palmas y alzaban su vuelo, como siempre, las palomas. Había muerto mi abuela, a quien más quería, y todo seguía igual, como si nada hubiera cambiado en el mundo. Había cambiado yo, el terremoto interior me había cuarteado el alma. Volví a su sobre la escueta carta en que me daban desde Colombia la noticia y me puse a llorar y a maldecir de esa mala patria que me obligó un día a irme separándome de ella.

—¡Y no poder acabarle de descoyuntar ahora con una barra de hierro al maldito Cristo todos los huesos!

—Ya deje eso, no se atormente más, perdónele a ese pobre hombre que no sabía lo que hacía. Mire qué bonitas pasan afuera las nubes aborregadas como ovejitas de un rebaño.

—Me calma un poco saber que ya enrumbamos hacia Israel.

—¿Un coñac para que se tranquilice?

—No pruebo gota de licor, ya sabe.

Sobrevolando el planeta de los corruptos pienso en mi padre, que en un mundo de ladrones nos dejó de herencia la honradez. Y aquí sigo en el día a día luchando contra la deshonestidad esencial del ser humano y el deterioro imparable de esto sin lograr arreglar nada. Por lo pronto voy ahora en este avión a diez mil metros de altura, volando sobre la horda bípeda que pulula abajo en calles, plazas y carreteras, a salvo por unas horas aunque sea de ellos y del asqueamiento ontológico que me causan.

—¿Perdona a alguno?

—A usted, doctor Flores Tapia, psiquiatra eximio que me acompaña en estos vuelos y que es el único con que hablo. Al capitán de la nave ni lo veo. Le tengo prohibido salir de su cabina mientras volemos, ni aun para sus necesidades corporales que tiene que satisfacer en su mismísimo puesto de control donde le he hecho instalar un inodoro.

—Ejemplar su frugalidad refinada, su sibaritismo eremítico. Les da ejemplo a los ricos.

—Tal vez por venir de Antioquia, donde los ricos hemos sido siempre pobres. ¡Cuánto hace que ando con los pantalones rotos, que me copiaron en Europa y los Estados Unidos y se pusieron de moda! Nos tocaron malos tiempos, doctor. O mejor dicho, peores. Temo que al bajar de este avión me encuentre solo cenizas de esta barbarie que llamábamos civilización. Para mí que no voy a alcanzar a llenar la bañera.

—Ya verá que sí, tenga fe que el agua vuelve. En diez años, en veinte, en cien...

—Dios lo oiga.

Las monjas del Santa Clara de Asís les daban educación sexual a sus niñas explicándoles cómo fecundan las abejas a las flores por los pistilos. A lo más que llegaron fue a mencionar la palabra «testículos». Para economizar en sirvientas ponían a las niñas a barrer los salones: «Usted, Gloria, me barre hoy el salón de Cuarto; su hermana Marta, el de Quinto». ¡A Gloria y a Marta, las hijas del ministro! Y un día, con fruncido ceño, una de ellas le reprochó a Gloria: «Fíjese, niña, que no barrió bien debajo de los pupitres». «Sor Clara —le contestó Gloria—, es que no puedo agacharme porque me duelen los testículos». La expulsaron del colegio con todo y lo de su papá ministro. Andando el tiempo uno con testículos le habría de hacer a Gloria cuatro hijos, de los que según tengo entendido ya murieron tres. El cuarto anda hoy de yihadista en Siria. Dice que se va a casar con un califa.

«¿Quiénes eran Copérnico y Galileo?», le preguntaron a Martica las monjas. «Un par de ladrones», contestó la niña. «¿Y dónde se hablaba el latín?» «En la tina» (que era como llamábamos en mi casa a la bañera). La expulsaron también del colegio pero mi papá el ministro se los hizo clausurar. «Doctor —le rogaba el presidente Valencia—, déjeles reabrir el colegio a esas pobres mujeres, que sufren mucho por falta de hombre». Bien dicho. Nunca las fecundaron por los pistilos. Y mi papá, que era bueno, les permitió reabrir el colegio, al que sus dos hijas regresaron muy ufanas proclamando: «¿Vieron, gorronas, lo que les pasa por altaneras?»

El mayordomo de Santa Anita se llamaba Valerio y su mujer Julia, flacuchenta señora que tenía junto a su casita un cebollar que cuidaba como las niñas de sus ojos. ¡Qué cebollas más hermosas! Pues las orinadoras Gloria y Marta se las orinaban en cualquier descuido hasta que se las secaron. «¡Qué raro! —se decía la pobre mujer sin entender qué pasaba—. ¿Por qué se secarán, si nunca les han faltado agua ni cariño a estas planticas?» Por la acumulación de ácido úrico, doña Julia, que es fatal para plantas y animales. El que no orina se muere y maldita sea la cruz, el par de palos estúpidos de los que el espíritu de la mentira colgó a un engendro de la leyenda. En vida mía he visto al rebaño carnívoro cambiarlos por los tres de una portería de fútbol. El bípedo sabio no tiene redención, se le bajó el alma a las patas.

«Vengan, niños —nos decía la abuela—, que hoy nos vamos de viaje a Cartagena a conocer el mar». Y van a ver cómo viajábamos a conocer el que ella decía donde decía. ¿En barco de vapor por el río Magdalena, como fue ella en su luna de miel con el abuelo? Exacto. El río Magdalena era el corredor delantero de Santa Anita. Los barcos de vapor, las mecedoras. Cartagena, un ensueño de piratas. ¿Y el mar? El mar para nosotros tenía más presencia que Dios: lo oíamos en los caracoles enormes con que cuñaban las puertas de la finca. Nos llevábamos los caracoles a los oídos, cerrábamos los ojos fuerte, fuerte, para ver, y «¡Uuuuuuu!», lo veíamos, lo oíamos, patentísimo, verdaderísimo, encajonado su rumor en los laberintos de los caracoles y de nuestro oído interno. «Me suena a azul, abuelita». «Es que es azul, niños». «¡Claro que el mar existe! Con razón lo vemos». De ese remoto viaje al Caribe, el único que hiciera en la vida, la abuela había traído los caracoles, los cuales hoy probaban dos cosas: una, que sí había ido a Cartagena; y dos, la existencia del mar. La que seguía en veremos era la de Dios, al que no solo nunca vimos sino que nunca oímos.

«¿Cuándo fue tu viaje con el abuelo a Cartagena, abuelita? ¿Hace cien años?» Tanto no, pero por ahí iba la cosa: in illo témpore. Sesenta años tendría entonces mi abuela, si acaso, y desde mi perspectiva de hoy la veo como una chiquilla. Hay viejos que duramos mucho, aunque no tanto como los agujeros negros ni las estrellas enanas. «¿Por qué se llaman "enanas", Ovidio? ¿Porque son muy chiquitas?» «Se llaman así por imprecisiones de la ciencia, que también estafa. Son inmensas. El Sol, por ejemplo, es una estrella enana amarilla. Lo que pasa es que dentro de cinco mil millones de años, cuando se infle, se va a convertir en una estrella roja gigante, que a su vez se va a convertir en una enana blanca, que se va a apagar. Entonces nos moriremos de frío». «¡Uy, qué miedo! ¡A sacar las cobijas de Fatelares, la fábrica de papi!» La fábrica en cuestión no era de papi, ojalá, él apenas era el subgerente. Fatelares pertenecía a una sociedad anónima. Sus dueños eran los accionistas, miles. Miles de pobres con acciones que los hacían sentirse ricos.

—¿Pagaba dividendos Fatelares?

—Más paga el papa.

Y sentados en las mecedoras del corredor delantero nos desconectábamos de los caracoles para escuchar a la abuela. Que en los planchones del Magdalena, contaba, hacían su siesta al sol los caimanes con las fauces abiertas hasta que se les llenaban de moscas y entonces ¡tas!, las cerraban y se las embutían. Era un río pantanoso de color café oscuro y alma turbia. «¡Qué horror! Los caimanes son pues peores que la dorada que se llevó a Carlos, el marido de tu hermana Toña, por borracho». «No estaba borracho. Dio un traspié y se cayó del planchón al río». «¡Ay sí, un traspié! Traspié el de la botella de aguardiente que se zampó». «¿Quién les contó?» «Elenita». «Elena no puede saber porque no estaba ahí, en el Magdalena. Se hallaba entonces en Fredonia, con Alfredito, su marido». «¿Y por qué no sacaron a Carlos del río?» «Porque no se alcanzaba a ver ni a un palmo de tan oscuro. Cayó a las turbias aguas de noche».

Sentados en esas mecedoras de ese corredor de esa finca, entre macetas de bifloras y geranios, oyendo el mar en los caracoles y las historias de la abuela, nos íbamos yendo, yendo, evanescentes, lejos de la mísera realidad de nuestros míseros días rumbo al mundo de la ilusión. A mí el cine me salió siempre sobrando. No hay película que pueda competir con la imaginación de un niño aburrido oyéndole sus historias a una abuela hermosa. ¿Por qué me daría un día por semejante embeleco? «¡Qué aburrimiento, abuela, estoy harto, no aguanto más!» La niñez es la época más infeliz del hombre. Con hambre o sin.

«La dorada que se llevó a Carlos —comentó Darío— era una vieja tetona». «Grosero», le reprochó la abuela. «No, abuelita —replicó—, no soy grosero. Ovidio nos contó». «¿Y cómo pudo saber Ovidio, si ni había nacido?» ¡Qué errada andaba la abuela! Ovidio nuestro tío, su hijo, lo sabía todo a partir del comienzo del Universo, cuando vio con sus propios ojos que Dios no existe. «No existe, y el primero en saberlo es Él. Dios es ateo».

«Con ustedes no se puede, no cuento más». «Seguí contando, abuela, por favor, no parés, no nos privés de semejante placer. ¿Cómo es que se llamaba el castillo de San Felipe?» «Pues de San Felipe». «¿Y el cerro de La Popa?» «Pues de La Popa». «Vos sí sos muy inteligente, abuela, felicitaciones».

Pero si el río al que cayó Carlos por borracho estaba a oscuras, Cartagena la del castillo y el cerro brillaba en cambio en todo su esplendor bajo la luz de la luna. Y en tanto Selene bañaba la ciudad de luz, el mar les lavaba las patas a sus murallas con agua fría. ¡Ah no, tibiecita! Rompeolas de los piratas ingleses, unos protestantes descreídos, esas murallas contenían los embates de su obstinada herejía. «Dijiste entonces, abuela, que qué lástima que no fueras poeta para cantarle esa noche a la ciudad bajo el astro. Contanos otra vez». «¿Para qué, si ya saben?» «Repetí, que no nos quedó claro». Y nos volvía a contar lo que nunca nos habría de quedar claro, porque así como no hay peor ciego que el que no quiere ver tampoco hay peor intelecto que el de los que no quieren entender: nosotros. «Y Dios no existe», dijo Ovidio.

«¡Qué barbaridades dicen, niños!» «No las decimos nosotros sino él, que en lo único que cree es en las viejas en pelota de que tiene tapizadas las paredes de su cuartico». Máquina del tiempo en la que viajábamos a la Europa sufriente de la peste negra y a la Roma copuladora de César y de Augusto, el cuartico estaba ubicado en uno de los jardines internos de Santa Anita. Se abrían los dos jardines a lado y lado del antecomedor dejando circular el viento, que hoy traía perfumes de gardenia y mañana un olor a rata muerta. En el jardín derecho mirando uno hacia el corredor trasero, cerca a una bugambilia por más señas, se hallaba el cuartico. ¿De qué color la bugambilia? Digamos que verde, roja o amarilla. ¡Qué sé yo, ya no recuerdo! Con los viejos pasa así. Cronos nos confunde los colores y acaba hasta con el nido de la perra. Con el nido de Catusa, la perra de la abuela, la perra por antonomasia, quien ya también murió. ¡Se mueren las galaxias y las estrellas, no se va a morir una pobre perra de una pobre vieja! Que venga ya, carajo, la bondadosa Muerte a librarme de la monstruosa vida. ¿No entiende, doña Parca, que se le acabó por fin la cuerda a este reloj?

Los chamones son unos pájaros zánganos que ponen los huevos en los nidos de otras aves para que se los empollen y se los críen como propios y así preservar su especie. Pues Lía procedía igual: abandonaba sus hijos en Santa Anita y que la abuela y Elenita se jodieran. Así podía la chamona tener otros diez, otros veinte, otros treinta. He ahí su fórmula. Tomaban entonces posesión de la Tierra los hijueputicas y patasarribiaban a Santa Anita. Nos entregábamos en cuerpo y alma a su demolición colérica para seguirnos, no bien termináramos, con Colombia hasta dejarla vuelta un erial sembrado de escombros. No pudimos, no alcanzamos, la vida apaga los ímpetus y extingue el fuego.

Retomando el hilo perdido del relato vuelvo a Medellín tras la muerte del abuelo y mi estancia en Roma para contar lo que sigue.

—¿Vamos bien, o vamos mal, capitán?

—Viento en popa a toda vela.

—Cuando se le acabe la gasolina siga como mi abuelo en su Hudson rumbo a Medellín por la bajada de El Poblado: con el impulso.

No paraba ni por el Putas con tal de economizar gasolina así matara, como de hecho mató, a una niña, quien por fortuna se levantó, se sacudió la faldita y partió en carrera a contarle a su mamá que casi la mata un carro. ¡Qué va! El carro no es el que mata. El que mata es el que lo maneja. «Ponete las gafas, abuelo, que casi matás a una niña». «¿Dónde están, que no las veo?» Las buscaba en el pantalón, en el saco, en la camisa, bajo el asiento, no aparecían... ¡Qué iban a aparecer, si se le olvidaron en la finca!

¿Qué era lo que iba a contar? Pues lo que sigue. Las muertes de la abuela y de Elenita.

—¡Cómo! ¿Ya murieron?

—Desgraciadamente sí, doctor, ya las doctoró la Muerte en vida. Matusalenes ya no se dan, hoy en día la gente dura poco. Que si no, vendrían ahora con nosotros en este avión mi par de viejitas, y junto con ellas mis perras. La abuela en este asiento, Elenita en aquel. Bruja aquí, Argia allí, Kimcita aquí, Quinita aquí, Brusquita allá. ¿Qué les apetece, niñas, para entretener el vuelo? ¿Bebé tierno al horno? ¡Capitán! Ponga el embutido que compramos en Carulla a calentar en el microondas.

Por sobre el techo de mi apartamento pasa un jet con su estrépito cada tanto, digamos cada cinco minutos. Para no oírlos voy ahora en el mío propio con mi capitán y mi doctor hablando de lo divino y de lo humano, de los vivos y los muertos. De atropellado que era he pasado a atropellador. Me importa un bledo. Por lo demás Colombia, país monstruoso, son los colombianos, no sus animales, que quede claro.

—Cosa que también podría decir de España, de Italia, de México, etcétera.

—¡Uf, qué asco, cuánta patria, huelen mal! Animalitos de este desventurado planeta, hermanos míos en la desgracia: si les pudieran llegar mis palabras diciéndoles mi amor y pidiéndoles perdón...

—Mándeselas por DHL.

—Otra de esas y se me baja del avión. No me gustan ese tipo de bromitas.

La cosa en Santa Anita tras la muerte del abuelo fue así: se quedaron solas la abuela y Elenita, abandonadas, desoladas, como dos fantasmas perrunos sin amo. Tenía que ir entonces mi hermano Carlos todas las noches desde Medellín, en mi Lambretta, a acompañarlas. Situación más bien complicada porque si bien Medellín estaba a solo ocho kilómetros, ocho kilómetros entonces seguían siendo distancias como de la Vía Láctea.

—¿Y por qué no se venían más bien las dos viejitas a vivir a Medellín, cerca a la familia?

—¡Justamente lo que hicieron! Usted siempre va adelante de mí, como el cóndor precediendo este avión, abriendo trocha. Lo felicito, doctor.

Se consiguieron pues una casita alquilada en Laureles para quedar cerca de nosotros, que las queríamos, y de Argemiro y de Iván, que por lo visto no. Deje usted lo mal que se comportó el parcito con su tía Elena a la que ni determinaban, como si de una chancla aventada al patio se tratara.

¡Con su propia madre! En las apuradas Memorias que escribió mi hermana Gloria días antes de morir lo cuenta todo.

—¿Gloria era la mamá del muchacho que se casó con un califa?

—Que se casó no: que se quería casar, que es cosa muy distinta, para montarse al carro del triunfo del Estado Islámico el ambicioso. No se le hizo al mozalbete. Murió de sida en Nueva York.

—¿En Nueva York? Elegantísimo. Menos mal que no fue en Envigado.

—¿Y cómo sabe usted de Envigado?

—Porque usted me lo mencionó.

—¿Entonces con quién estoy hablando? No me diga que con Fernandiño Beira Mar.

—¡No! Con su psiquiatra, con su doctor.

—Ya sé, ya sé. Estoy hablando con el doctor Flores Tapia.

La abuela y Elenita se mudaron de la finca a una casita alquilada cerca a Teresa, para poder verla. Pues esta mujer gorda que se pasaba la vida embrutecida frente a un televisor ni una vez en dos años, y cuando digo ni una es ni una, se dignó caminar los veinte pasos que la separaban de sus hermanas huérfanas para visitarlas. ¿Y por qué, me preguntarán, no iban entonces ellas a visitar a la otra huérfana? ¿Qué les costaba? Respondo: porque Teresa vivía en el tercer piso de un edificio sin ascensor, y es mucho más difícil que dos gordas suban por una escalera que una sola gorda baje. Cuestión de calorías, de termodinámica. Que bajara Teresa, ¿por qué tenían que subir ellas? No se vieron pues en dos años, tras los cuales la abuela decidió mudarse a una casita que lindaba puerta con puerta con la de su hijo Argemiro. ¿Me creerán que el calvo ese, fabricante de casitas de juguete y maricaditas de esas, no pasó ni una sola vez a visitar a su madre en los siguientes dos años? Entonces las dos huérfanas se mudaron una vez más, ahora a una casita contigua a la de Iván, el otro hijo. Igual que con Teresa y Argemiro. No pasó el doctor Iván Rendón Pizano ni una vez a verlas en el año largo que siguió. Cuando la abuela murió, eso sí, los dos engendros filiales, Argemiro e Iván, calvo el uno y calvo el otro, pretendían peinarse con la finca. No le vieron la cara a la dicha: en una temporada de lluvias la montaña que pesaba sobre Santa Anita se les vino abajo, y al paraíso de mi infancia lo borró del mapa. Búsquenla por Google en el de Antioquia a ver si está. Ni rastro quedó.

Vuelvo a antes del derrumbe para contar la siguiente mudanza de la abuela y Elenita, que fue para regresar a Santa Anita. Aquí entra en escena Toña, la viuda del borracho, gorda como sus hermanas pero a la que le decían «la negra» porque Raquel, Elena y Teresa eran blancas ojizarcas. ¡Dios libre y guarde de usar yo semejante insulto! También los negros son obra del Creador. En vez de «la negra» voy a llamar entonces a Toña «la cizañera». Pues la cizañera, que había regentado un asilo de ancianas del que la echaron, se presentó en Santa Anita con maleta y almohada mandada por Dios a cuidar a la abuela. Y se instaló. ¡Qué cuidar ni qué cuidar a ninguna abuela! A lo que venía era a quedarse con la finca. La primera parte de su plan la logró: a la abuela y Elenita, que llevaban juntas media vida unidas por el destino, las indispuso y las separó, y Elenita se tuvo que ir de arrimada donde Teresa. La segunda parte no se le hizo porque Lía se trajo a la abuela para Medellín y obligó a Toña a desocupar la finca. Nicho que se desocupa en este planeta, nicho que de inmediato ocupa un sin techo, en este caso mi prima Argeria, hija de Iván, la cual llegó con sus cosas a sacar las de la abuela: quitó de las paredes los cromos de la Santísima Trinidad y el Divino Rostro y la foto del abuelo (en que aparece a caballo), y en el cuarto y en la cama del abuelo y de la abuela se instaló a retozar con su querido, un aviador. En vez de la foto del abuelo puso la del piloto, quien se habría de dedicar años después al narcotráfico, y quien no bien empezó a contar billetes voló con otra.

¿Dónde vamos? ¿Quién está dónde y dónde está quién? La abuela con Lía. Elena donde Teresa. Argeria en Santa Anita. Iván en su casa. Argemiro en la suya. Toña quién sabe. ¿Y yo? Yo en Roma dizque estudiando cine pero en realidad comprando bellecitas con *soldi spiccioli* en el Coliseo de noche. ¡Qué sucios, por Dios, pero qué hermosos! Dios me los dio, Él siempre ha sido muy bueno conmigo. Pídanle y verán que Él da y reparte.

En opinión de mi difunto hermano Carlos, la abuela y Elenita se querían. En la mía no: la abuela la soportaba, y la otra no tenía para dónde tomar. Ni se hablaban. Cada loro en su estaca. En cuanto a Elenita y el abuelo, eso sí estaba claro, para Carlos y para mí: no se querían, para decirlo con atenuación retórica. La Muerte arregló todas estas cuentas, fueran las que fueran: mató al abuelo, mató a la abuela, mató a Elenita, mató a Teresa, mató a Argemiro, mató a Iván, mató a Argeria, mató a Toña... ¿Y a mí? Me palpo el pecho y me pregunto: «¿Todavía voy en el avión?»

—Como le decía, doctor, la vida es dura. Hay momentos de felicidad, claro, como cuando se muere un enemigo. ¿Pero si uno no tiene enemigos?

¿Cuántos tengo, yo por Dios, si no he hecho sino el bien a diestra y siniestra? Como tampoco los ha de tener Francisco, que va a repartir el Vaticano entre los pobres. A mí que no me dé bienes materiales. ¡Para qué quiero un cuadro, una silla, una estatua! Que me recete indulgencia plenaria por si este avión se cae suba yo con el polvaderón que levante derechito al cielo.

De mi casa salió la abuela para el hospital, del hospital para Santa Anita y de Santa Anita para el Reino de Dios, al que voy a subir yo en la nube de polvo en tanto Colombia entera arrodillada grita: «¡Santo súbito! ¡Ahí va subiendo el santo!» «Sí. Aquí voy subiendo, paisanos. Pidan que se les dará, nación de mendigos». Muerta la abuela a Elenita la chutaron de donde Teresa a mi casa, a la que volvió a morir. Lloro por mí, lloro por ella, lloro por la abuela. Cataratas me brotan de los ojos.

—¡Capitán! ¿No traeremos por casualidad en el avión suero oral?

¡Qué íbamos a traer! Lo que no previene el patrón no lo previenen sus empleados. Son indolentes como sus madres. Bueno, sigamos. A los cuatro años del entierro del abuelo (que no me tocó porque yo andaba en Roma) fui con mi hermano Carlos a sacar sus restos del Cementerio de San Pedro para pasarlos a una cripta de iglesia. «Shhhhhh», dice el Ángel del Silencio a la entrada de nuestro camposanto mayor, callándonos con el índice puesto en la boca como un bolígrafo. «¿Y quién está hablando, Ángel güevón? Venimos a sacar los restos del abuelo. ¡O qué! ¿Te los dejamos otros veinte años?» «No, no los dejen, pasen pues». Por una avenida de sauces llorones llegamos donde el sepulturero quien, cosa rara en ese país de impuntuales, nos esperaba a la hora convenida, las doce. «Tan, tan, tan, tan, tan, tan, tan, tan, tan, tan, tan, tan», sonó una campana doliente. «Buenos días, señor sepulturero». «Buenas tardes», contestó él. Pues sí. Después de las doce en Colombia son «tardes», y allá «buenas noches» es para cuando oscurece. No es pues como en Francia donde «buenas noches» es para cuando uno se va a dormir. ¡Ah con los idiomas! Son caprichosos como niños berrinchudos. «Procedamos pues —dijo el sepulturero con tonito burocrático— a la exhumación de los restos de Leonidas Rendón qué?» «Gómez», contestamos. Y con una hachuela se dio a romper la lápida de la tumba, que tenía el «Gómez» borroso pero las fechas de nacimiento y muerte legibles: 1890-1965. ¿Apenas vivió setenta y cinco años? ¿Solo tres más que los que tengo ahora, en el instante en que escribo? ¡Eh ave María, cómo murió de joven! Un chaval. La gente entonces duraba poco.

Rota la lápida el sepulturero sacó jalándolo un cajón podrido con telarañas y le abrió la tapa. «¡Craaaac!», sonó la tapa después de tan largo silencio, quejumbrosa. Entonces apareció el abuelo, momificado como santo. Dos cosas recuerdo ahora que recordé entonces: una, que la momia tenía una dentadura postiza; y dos, cuando la futura momia, aún en vida, me pegó siendo yo un niño y me hizo ir caminando solo, solo, a Medellín. Y le arrié la madre: «¡Viejo hijueputa!»

—¿No perdona usted nunca?

—Pero a veces olvido.

—He ahí el verdadero perdón.

—¿No será más bien el mal de Alzheimer?

Después de haberle arreado la madre al muerto por sus infamias en vida derramé un par de lágrimas por él, una por cada ojo. «Con estas dos gotas saladas te pongo para siempre, abuelo, tu definitiva lápida».

Con la hachuela el sepulturero se dio a escarbar la momia, que se iba deshaciendo como cartón de paja. «Esta tibia va aquí, este fémur va allí, esta clavícula va con las costillas», decía e iba acomodando los huesos en la caja de zinc que traíamos. Dejó la calavera con su dentadura postiza para el final. «¿Se van a llevar también la caja de dientes?», preguntó. Es que allá las dentaduras postizas de los muertos las reciclan, y además en Colombia a uno le piden todo: «¿No nos regala, maestro, los derechos de *La Virgen de los sicarios* para que el municipio saque una edición de su libro y lo lean los pobres gratis en el Metro?» «Que lo lean gratis en las conchas de sus madres». Y que le dijeran de parte mía, de paso, al municipio, que no gastara más plata alfabetizando pobres que lo único que quieren estos es vivir borrachos viendo fútbol y pichando. Que los esterilizaran más bien y de paso cerraran los mataderos de suerte que en lugar de animales en adelante los pobres comieran mierda junto con los ricos, que total en eso era en lo que transformaban todo. El *Homo sapiens* es una fábrica de mierda.

—¿En últimas le regalaron la dentadura postiza al sepulturero?

—No porque Carlos se la guardó para alguna instalación o performance. ¡Con eso de que de viejo se volvió artista moderno!

Salimos por la doliente avenida de los sauces llorones. Cuatro años atrás había entrado Carlos por esa misma avenida con el cortejo fúnebre acompañando el flamante ataúd del flamante muerto, y ahora salía con una humilde caja de zinc llena de huesos. En La Última Copa, cantina ubicada a la entrada del cementerio, nos tomamos una botella de aguardiente en su memoria. La caja de zinc la pusimos abajo de la mesa, de suerte que mientras bebíamos pudiéramos tocarla cada tanto con el pie a ver si todavía no se la habían robado. En Colombia se roban todo: un foco fundido, un hueco, un muerto. ¿Y el Chevrolet?

Salimos de La Última Copa dando tumbos con la caja y fuimos a donde lo habíamos dejado. «¿Dónde está el carro?», nos preguntábamos angustiados. No lo encontrábamos. «¡Se lo robaron!» ¡Qué va! Nos habíamos equivocado de calle. Ahí donde lo habíamos dejado estaba intacto, primer milagro del abuelo. Y ¡ran!, arrancamos como un tiro con los 206 huesos en el culipato.

Cruzando la Avenida San Juan nos paró la policía. «Conque tomando trago, ¿eh? Vienen borrachos y manejando a toda verraca. ¿De dónde traen esa caja y adónde la llevan?» «Venimos, señor agente, del Cementerio de San Pedro de sacar los restos de nuestro abuelo, que llevamos en esta caja por la que tan amablemente nos pregunta a la iglesia de Santa Teresita donde han de descansar, para siempre, en una cripta u osario». «Ábrala», ordenó el policía. Abrimos la caja y el tombo dio un aullido de terror: «¡Aaaaaaaayyyyy!» Y se desplomó. La calavera del abuelo, terrorífica, lo había fulminado. Sus compañeros policías huyeron en carrera loca como almas que se llevó el Diablo. ¡Qué feo era el abuelo! En la foto del caballo se le puede ver perfectamente la cara, con el labio inferior belfo mostrando la caja de dientes. Y nosotros que salimos tan bonitos, por bromas de la genética o por la voluntad del Señor...

Los días que precedieron a la sacada de los restos del abuelo y los que siguieron la abuela se los pasó llorando. «No llorés más, abuela —le decía—, que no quiero llevarte a México en mi recuerdo así». Desde la muerte del abuelo no había vuelto a reír, me partía el alma. Que no tenía «ningún aliciente en la vida», me decía. ¿Y cuál tengo yo? ¿Filmar una película para mostrarle al mundo lo asesina que es Colombia?

La abuela enfermó estando yo en México y se la llevaron de mi casa a la Clínica San José de la Avenida San Juan. La decisión de internarla ahí la tomó su hijo Iván, el médico, aduciendo que puesto que la clínica pertenecía a amigos suyos tenía que ser buena. Nada de esto supe yo, nada me contaron, estaba a oscuras de todo. Cuando ya no había remedio y todo estaba perdido, en una escueta carta me dieron la noticia de la muerte de la abuela. Lo que cuento ahora es pues reconstrucción detectivesca mía de los hechos, como quien dice sabido a posteriori. Nada vi, nada supe entonces. El que sí lo vio y lo supo todo fue Dios, que nos ama. Ser inescrutable, dueño de los destinos humanos como César, en vez de poner el pulgar hacia arriba lo puso hacia abajo: «Que se muera esta vieja», decretó el Hijueputa.

La víspera de la muerte de la abuela, Darío y mis demás hermanos le comunicaron a Iván en la clínica que la abuela se quería ir a morir a Santa Anita. «¿Y desde cuándo los pacientes opinan?», preguntó el mafioso de bata blanca, el solapador de sus colegas. «No es un paciente —replicó Darío—. Es tu mamá y mi abuela. Nos la llevamos». Y haciendo a un lado médicos y enfermeras, en una ambulancia que contrataron partieron con ella.

Iba la ambulancia lentamente de manera que Carlos, en el Chevrolet, llegara antes que la abuela a Santa Anita y pudiera arreglar allá las cosas. Abrió la portada y pasó dejándola abierta para que entrara luego la ambulancia. Revisó la casa y la encontró invadida por las cosas de Argeriamierda, la hija de Iván: la cama nupcial de la abuela vuelta el lecho fangoso de la usurpadora y su piloto. De un closet sacó la última colcha que había quedado después de una fiesta suya de maricas disfrazados y cubrió con ella la cama. Sacó los cromos del Divino Rostro y de la Santísima Trinidad y los colocó en sus clavos. Sacó el cuadro del abuelo a caballo, y quitando el del piloto lo reentronizó en su sitio. «¡Qué feo era el abuelo! —pensó—. De muchacho se hizo tumbar los dientes para que no lo reclutaran en la Guerra de los Mil Días. Y el sombrero blanco con que aparece en la foto se lo comió la marranita Marcela». Yo también leo los pensamientos, ¿eh? Como Balzac y como Dios. Le dio cuerda al reloj del comedor y lo puso en hora: las 11.35 de la mañana. Acto seguido, no sé por qué (tal vez por asociación de ideas con Iván, que era rabioso), Carlos pensó en su hermano

Álvaro de chiquito. Eran tales las iras que le daban cuando se le salía lo Rendón, que Lía se las tenía que bajar a baldados de agua fría como si estuviera arrecho. «Mami —le decía después Álvaro en plena carretera a Santa Anita, manejando papi el ofuscado—, quiero ir al baño». «Cuando salimos le dije que orinara y no quiso, ahora se jode». Todo lo que nos sirviéramos nos lo teníamos que comer, sin dejar rastro en el plato, y al salir de la casa siempre teníamos que orinar. Fue la educación que nos dieron.

Llegó la ambulancia con la abuela y entre el chofer, el camillero y veinte o treinta vecinos más nosotros (o mejor dicho mis hermanos pues yo estaba en México) la bajaron. «¡Volvió doña Raquelita! ¡Volvió doña Raquelita!», gritaban los vecinos alborozados. Y en la camilla le hicieron el tour de la finca. «Que no le dé el sol, abuelita». Y le ponían un paraguas. Hagan de cuenta un papa bajo palio. Con la mirada perdida la abuela miraba los corredores, la sala, el antecomedor, los techos, los patios... «Mi casa», dijo sonriendo. Al ver en el comedor el reloj del caballito dijo que iban a dar las doce. Y el reloj, viéndola, la saludó con doce campanadas. Entraron a su cuarto y ante el retrato del abuelo musitó: «Mi amado esposo». No pudo decir «Mi fiel esposo» porque no, mejor sigamos. Miró el Divino Rostro, un regalo de matrimonio traído de Roma con lacra papal, y trató de decir algo pero no pudo. Se le nublaron los ojos y se hundió en el mutismo. Cuando el reloj dio las seis murió el día y cayó la noche. Al amanecer murió la abuela, Raquel Pizano Upegui Upegui, a quien más he querido, con dos Upeguis, o sea más santa que nuestra única santa, la madre Laura, a la que canonizó apuradamente Benedicto Ratzinger y que solo tenía uno: Laura Montoya Upegui, o sea la mitad de santa.

Voy a dar cuenta ahora del final de Elenita de carrera para acabar con esto antes de que aterricemos, no sea que le dé por caerse a este avión y se me quede el relato trunco. Poco antes de morir les pidió a Carlos y a su cónyuge Guillermo que la llevaran a Rionegro a pedirle a Nuestra Señora del Rosario un favor. «¿Cuál, Elenita?» No decía. A un lado del altar central, y en lo más alto de uno accesorio al que se sube por una escalera de madera en espiral, se encuentra la mencionada Virgen, más o menos milagrosa según le vaya al cliente con la casualidad, pero a la que hay que tocar para que haga los milagros. Al que no sube y toca, nada, se queda mamando en el aire. Le ayudaron a Elenita a subir y ya instalada cerca a la Virgen les dijo: «Déjenme un ratico sola con ella y vuelven por mí después». Bajaron los dos felices cónyuges y pasado un tiempo prudencial subieron de nuevo por ella. «Me acaba de decir la Virgen que me va a hacer el milagro», les informó con una cara de felicidad beatífica. Al día siguiente, camino de la universidad, pasó Carlos en su Lambretta por la casa de Teresa a ver cómo había amanecido Elenita y lo saludaron con esta: «A Elena le dio un derrame y está tirada en el suelo porque no hay quién la levante por pesada». La levantó Carlos, la sentó en un sillón y resultó que estaba paralizada de un lado. Mi papá dio permiso para que se la trajeran de la casa de Teresa a la nuestra, donde tres meses después, a causa de un coma diabético provocado por el empeño de su sobrina Lía, le entregó el alma a Dios. ¿Qué favor le pidió Elenita a la Virgen de Rionegro? ¿Que se la llevara? ¡Pero claro! Nuestra Señora del Rosario, patrona de Rionegro, por mano de su sicaria Lía Rendón Pizano le hizo el milagro y la mató. No cabía el ataúd por el recodo que forma la salida del cuarto donde murió con el corredor estrecho que sigue y hubo que bajarla cargada. Yo no estaba, estaba en Bogotá, pero alcancé a llegar poco antes de que se la llevaran a enterrarla. Acompañantes únicos, tomamos en el carro nuestro tras la carroza fúnebre rumbo a los Campos de Paz.

¡Ay, tan ingeniosos estos enterradores! Dizque campos de paz unas colinas compradas a un club de ricos en un país de pobres sumidos en el hambre, la desventura, la miseria por obra de Dios misericordioso y su Iglesia y de unos políticos mal nacidos, hijos de su ambición. Conque Colombia mi patria. Colombia miserable, Colombia abyecta. Demos por terminado el asunto.

Desde el corredor delantero de Santa Anita, entre las macetas de geranios y bifloras, de novios y azaleas, la abuela y Elenita nos veían partir. Dejamos atrás la palma y el carbonero, pasamos la portada, salimos a la carretera. Ya íbamos en el Fordcito llegando a la curva de los Mejías cuando ¡pum!, la tomamos y nos les perdimos de vista. Le dijo entonces Elenita a su hermana, mi abuela, con alivio: «Raquel, ¡se fueron!».